Niño, Jairo Aníbal

El quinto viaje y otras historias del Nuevo Mundo / Jairo Aníbal
Niño; ilustraciones Juanita Isaza. -- Santafé de Bogotá: Panamericana
Editorial, 1999.

164 p. : il; 21 cm. -- (Literatura Juvenil)

ISBN 978-958-30-0573-2

1. Cuentos juveniles colombianos 2. América - Descripciones y
viajes - Literatura juvenil I. Isaza, Juanita, il. II. Tít. III. Serie
I863.6 cd 19 ed.
AGN4972

CEP-Banco de la República-Biblioteca Luis Ángel Arango

El quinto viaje

Jairo Aníbal Niño

EL QUINTO VIAJE

y otras historias
del Nuevo Mundo

Ilustraciones
de Juanita Isaza

PANAMERICANA
E D I T O R I A L
Colombia • México • Perú

Décima reimpresión, agosto de 2017
Primera edición, Tres Culturas Editores, 1991
Primera edición, en Panamericana Editorial Ltda.,
febrero de 1999
Autor: Jairo Aníbal Niño
© Irene del Carmen Morales de Niño
© Panamericana Editorial Ltda.
Calle 12 No. 34-30, Tel.: (57 1) 3649000
Fax: (57 1) 2373805
www.panamericanaeditorial.com
Tienda virtual: www.panamericana.com.co
Bogotá D. C., Colombia

Editor
Panamericana Editorial Ltda.
Ilustraciones
Juanita Isaza Merchán
Diagramación
Francisco Chuchoque Rodríguez
Diseño de carátula
Diego Martínez Celis

ISBN 978-958-30-0573-2

Impreso por Panamericana Formas e Impresos S. A.
Calle 65 No. 95-28, Tels.: (57 1) 4302110 - 4300355
Fax: (57 1) 2763008
Bogotá D. C., Colombia
Quien solo actúa como impresor.
Impreso en Colombia - *Printed in Colombia*

CONTENIDO

CONTENIDO

ORACIÓN
DEL DESCUBRIDOR

Señor:

Dirige mi nave a los países ocultos, enséñale a mi brújula a seguir el alocado rumbo de la libertad, hazme la merced de que al llegar a nuevas tierras pueda comprobar que toda criatura está hecha de canto, abrazo, estrellas, pensamiento, amor y colibríes.

Deja que el mapa de nuevos mundos llegue a mis manos, pero permite que lo pierda para guiarme por mis ilusiones.

Y, ante todo, Señor, concédeme la gracia de que en el infinito universo de los viajes, una y otra vez, sea yo el descubierto.

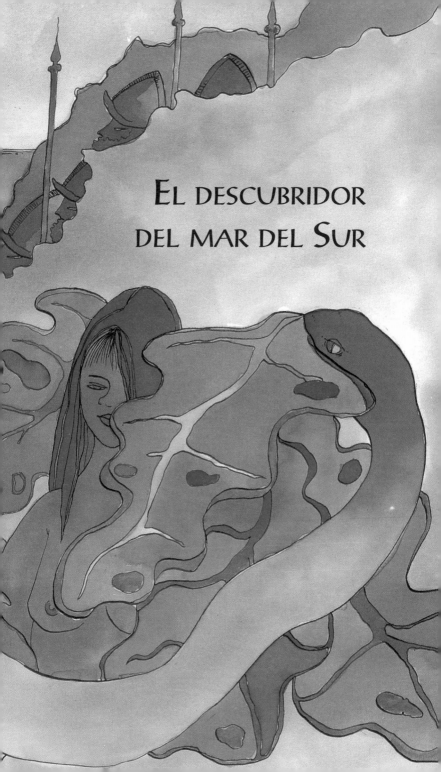

El descubridor del mar del Sur

A sus oídos llegó un rumor como el que levantaría una poderosa conversación de pájaros. Luego percibió un resplandor azul detrás del cerro.

Vasco Núñez de Balboa detuvo la marcha de su tropa. Desmontó y lentamente levantó la cabeza en dirección de la cima erizada de arbustos espinosos. Desde allí tendría la fortuna de ver las aguas del nuevo mar. Él sería el primero en avistarlo y reclamaría la gloria de su descubrimiento.

Ese sueño había estado navegando tercamente en su ánima desde el día en que un indio le habló de un océano tan grande como el mundo, que estaba en algún lejano lugar del occidente, detrás de las montañas.

Vasco Núñez, ante esa noticia, sintió en su corazón de tahúr que un as de oros había llegado a su mano y se dispuso a jugarlo de la mejor manera posible, con el fin de ganarle esa partida al destino.

El juego había sido largo, sangriento y azaroso. En una ocasión, una india con figura de sota de copas estuvo a punto de matarlo al ofrecerle una vasija con licor emponzoñado, y no podía olvidar el abrazo de la gigantesca boa que, como un sinuoso as de bastos, intentó estrangularlo.

—¿Lo acompaño? —preguntó con ansiedad el clérigo Andrés de Vera.

—No. Todos ustedes esperen en este lugar. Me pertenece el derecho de que mis ojos sean los primeros en ver el mar del Sur y descubrirlo.

El perro Leoncico lanzó un gruñido sordo y Vasco Núñez de Balboa sonrió al comprobar que su bestia lo estaba respaldando.

El enorme animal se colocó frente a la tropa y se echó en el suelo. Leoncico era uno de los más despiadados combatientes españoles. Un escribano puntilloso que los acompañaba, y que tenía la manía de contabilizarlo todo, ya había perdido la cuenta de los indios caídos bajo las dentelladas del perro. El animal crecía todos los días en astucia y en fiereza. Sus dientes habían adquirido un ominoso color rojo. Sus fauces abiertas mostraban dos amenazantes hileras de rubíes afilados.

—Cristóbal Colón descubrió una nueva tierra. Yo voy a descubrir un nuevo mar. Ojalá un hijo mío descubra un nuevo cielo –dijo Núñez de Balboa al emprender el ascenso.

Los miembros de su tropa permanecieron inmóviles. El viento sopló con fuerza y trajo agridulces perfumes de la selva.

—Huele a mujer pichona –susurró un soldado.

—Huele a presentimientos –musitó otro.

—No. Lo que olfateamos es el rico sudor del oro –dijo el clérigo.

Andrés de Vera, alto y flaco, tenía la sotana arremangada y sujeta a la cintura con un bejuco de agua. Completaba su atuendo un casco de fierro, botas altas y un gran crucifijo de acero que pendía de su cadera como una espada. Cayó de rodillas y, cuando los demás lo imitaron, comenzó a rezar en voz alta. Fervorosamente sostenía en sus manos un rosario hecho con pepas de oro, perlas y zafiros blancos.

Sobre el horizonte surgió una bandada de aves. Daba la impresión de que no volaban sino que caminaban sobre el aire con sus anchas patas en forma de platos. Los pájaros se alejaron prontamente, caminando sobre los altos cielos de la selva.

Núñez de Balboa apuró el ritmo de su trepada. Todas sus pasadas fatigas se transmutaron en un ansia acezante que le llenaba la boca con un sabor a frutas de polvo. Se le dulcificaron también los recuerdos de los pantanos, los insectos, las víboras y los bosques, tan altos y tupidos, que caminar por ellos era hacerlo a través de una noche oscura. En esas ocasiones los indios guías repartían ramas de árboles fosforescentes que los hombres se colocaban, a manera de lámparas, en el pecho. Al marchar cortando la noche tenebrosa de esas selvas apretadas, parecía que cada hombre había cazado una estrella. Rememoró de manera lejana los combates en los que los indios habían caído bajo el fuego de los arcabuces, el filo de los aceros y la ferocidad de los perros. Sin poderlo evitar, le llegó, también, el retrato memorioso de la hermosa india Mincha.

Vasco Núñez de Balboa estaba muy cerca de la cima del cerro, y su cuerpo se sacudió con una alegría y una exaltación nunca antes experimentadas. El legendario y maravilloso mar del Sur estaba, por fin, a su alcance. Nada ni nadie le quitaría la gracia de ser la primera criatura venida del viejo mundo que lo acercaría por primera vez a los ojos.

Se detuvo un instante y vislumbró a sus hombres que, inmóviles, lo esperaban abajo, al pie de la colina.

De repente, una sombra pasó por su lado. El perro Leoncico, como una exhalación, llegó a la cima y contempló la inacabable llanura de agua del nuevo mar. Miró a su amo de manera desdeñosa y aulló largamente. Abajo, la tropa se estremeció porque por primera vez había oído el esotérico canto de los perros.

Vasco Núñez de Balboa, presa de la ira, la frustración y los celos, desenvainó su espada para darle un golpe, pero lo detuvo el hecho de pensar que no podía matar impunemente al verdadero descubridor del mar del Sur.

LAS FLORES INMORTALES

Con un ramo de flores inmortales en las manos, la niña corrió hasta la orilla del lago.

Contempló la niebla que se levantaba en el horizonte y el sitio en el que estaban los bohíos de su comunidad. A sus oídos llegaron las voces de su gente, que se preparaba para la marcha.

La niña se sentó sobre una piedra, y del interior del ramo de flores salió un pajarito de color esmeralda. Lo colocó sobre la palma de la mano y luego levantó el brazo.

–Váyase –exclamó.

El pájaro voló sobre el lago y, hendiendo el aire como una flecha, volvió al lado de la niña.

–Váyase, váyase a su casa del monte –gritó.

El pájaro no le hizo caso.

–Mire, todos nos vamos a ir. La abuela me ha dicho que no puedo llevarlo.

El ave, como si no la hubiera oído, saltaba sobre las rocas buscando semillas de zurindá.

–Vea, le voy a contar lo que ha pasado –susurró la niña–. Ponga mucho cuidado. Hace varios soles y lunas llegaron noticias sobre la aparición de unos hombres extraños, blancos y barbados, al otro lado de la cordillera. Son los hijos del sol, dijo una mujer. Son los hijos de la luna, afirmó un hombre. No; son los hijos del eclipse, porque están esclavizando a muchos pueblos, dijo el abuelo. Sus palabras fueron oídas por el ser que llevamos dentro. Todos estamos habitados en nuestro interior por una persona pequeñita, pequeñita, y es ella la que se encarga de mantener caliente nuestro corazón. Con unas ramitas de oro lo calienta durante toda la vida. Cuando se apagan las ramitas de oro se nos enfría el corazón y nos morimos. Eso ocurre cuando la personita se ahoga en un remolino de sangre, o cuando se pierde en alguna selva de huesos o cuando se aleja al territorio de una mano o de los ojos, y de repente descubre cosas de maravilla y se le olvida que tiene que volver a las cordilleras del pecho para mantener el fuego encendido. Le decía que esa personita oyó las palabras del abuelo y,

como otro de sus oficios es ser la voz del corazón, les dijo a todos lo que tenían que hacer. Mi
comunidad salió a enfrentarlos para evitar que
nos sujetaran, pero parece que esos hombres tienen unas manos muy largas que escupen cande-
la y nos han estado acabando. Ya quedamos muy
pocos. El abuelo reunió ayer a las personas ma-
yores, y estuvieron hablando durante todo el día.

Hoy, al amanecer, anunciaron que nos teníamos que ir. Durante la noche los ancianos habían enterrado los trabajos brillantes, y soltaron a los animales que nos hacían compañía, y se despidieron de las siembras de maíz, de los lugares de cacería, del río y de la luna. La abuela me dijo que lo liberara a usted, porque vamos a hacer un viaje muy largo.

El ave saltó al regazo de la niña y esponjó las plumas. En ese momento se escuchó la voz de la abuela, que la llamaba a gritos.

El ave revoloteó, se detuvo un momento en la cabeza de la niña y voló en dirección a la selva.

La comunidad emprendió la marcha rumbo a las cumbres del nevado. Un grupo, comandado por el abuelo, abría la caminata. Otro, encabezado por un jeque tocador de flauta, lo seguía a cierta distancia. Cerrando la marcha avanzaban la niña y la abuela tomadas de la mano.

El viento empezó a soplar con fuerza. Un vaho helado se les pegaba al cuerpo. No se quejaron, porque eran fuertes. Al nacer las habían untado con resina de árboles sagrados, y desnudas las habían acostado sobre la nieve. Y eso era bueno, porque desde los primeros vientos de vida se endurecían para soportar los fríos y las necesidades.

–¿A dónde vamos, abuela? –preguntó la niña.

–A lo más alto de este nevado.

–¿Y para qué?

–Nuestra comunidad es libre. No seremos esclavos de nadie. No caeremos en manos de los invasores.

En ese instante se oyó la flauta del jeque. Era una música serena, y la niña pensó que la persona diminuta que tenía por dentro estaba bailando.

Treparon durante todo el día y toda la noche. Al amanecer, el primer grupo llegó a la cima.

Los hombres, las mujeres y los niños tenían a sus pies un abismo muy profundo, y sus miradas se desplayaron un instante en la imagen de los valles lejanos.

El abuelo fue el primero. Luego, uno a uno, los del primer grupo se lanzaron al abismo.

–Vamos, tenemos que seguirlos –dijo la abuela.

–Están cayendo –dijo la niña.

–No, hija. No están cayendo. Están volando.

EL NAVEGANTE

Nadie puede negar ahora que tenías razón. Era cierto que al otro extremo de un mar poblado de misterios se encontraba un mundo nuevo. Sabemos que has tenido que soportar la burla de quienes creían que estabas delirando. Durante muchos años buscaste la manera de hacerte a la mar y tocar otras y lejanas tierras. Te habías comprometido en una empresa que para muchos superaba nuestras fuerzas. Tu voz era la de quien percibe otros rumbos y la de quien posee un corazón esforzado. Ahora nos corresponde esperar.

–¿Esperar?

–Sí. A nuestras costas comienzan a llegar grandes barcos con gente del otro lado del mundo. Debes ocultar la colosal canoa que estabas construyendo. No faltarán en el futuro mares nuevos para un cacique como tú.

CLAROSCURO

E l indio viejo fue empujado al calabozo en el que se encontraban tres indios de mediana edad.

Al ver el tratamiento de que era objeto el anciano, los tres indios dejaron escapar un grito de espanto.

El viejo era el hombre más respetado de la comunidad aborigen por su sabiduría y por su capacidad para curar las dolencias del cuerpo visible y del invisible.

Se cerró la puerta de un golpe, y el viejo los tranquilizó con unas palabras lenes.

Los tres indios se aquietaron, y su admiración creció ante la serenidad y la fuerza que emanaban del cuerpo enjuto del anciano.

–Nos van a matar –dijo uno de los indios de mediana edad.

–Estamos sentenciados –dijo el otro.

–Sólo nos quedan dos días de vida –añadió el tercero.

El viejo se sentó en cuclillas, prendió un largo tabaco, se vistió con el humo y se dedicó a examinar unas tablillas que estaban llenas de signos extraños. Luego, con una agilidad sorprendente, trepó, apoyando los pies y las manos en las paredes que formaban uno de los ángulos del calabozo, hasta que alcanzó una pequeña claraboya enrejada.

–¿Qué ve? –le preguntaron al unísono los otros prisioneros.

–Veo un viento azul, y un mundo de maíz, y un tiempo que es un venado de oro que nace y muere, muere y nace, y veo un largo camino de aire, y la amenaza de una noche grande que tal vez nos ahogue las manos.

El viejo descendió, se dirigió a la puerta y la golpeó con fuerza. Le pidió al guardia que acudió al llamado que lo llevara frente al hombre que comandaba la tropa.

Al pensar que el viejo se había ablandado y daría información útil sobre levantamientos o tesoros, lo condujo ante la presencia de un hombre alto, vestido de fierro, y con una larga barba roja que parecía una candelada de pelos.

—¿Qué quiere decirme? —barbotó el hombre vestido de fierro.

—Si no nos pone en libertad, mañana al mediodía les quitaré la luz del sol y entonces será para ustedes un tiempo fosco y terrible.

El hombre de barba roja soltó la carcajada y ordenó a un par de soldados que condujeran al indio al calabozo no sin antes someterlo a una docena de azotes para castigar su insolencia.

Al día siguiente, exactamente en la mitad de su recorrido, el sol comenzó a apagarse y las sombras se desparramaron como un reguero de alimañas. Aterrorizado, el hombre de la barba roja ordenó la inmediata libertad de los indios.

Más tarde, con el sol instalado otra vez en su casa del día, y lejos del lugar donde habían estado prisioneros, los cuatro indios trotaban rumbo a lo más alto de la sierra.

El viejo no cesaba de reír.

De pronto se detuvo y dijo:

–El saber es muy útil, sobre todo el que tiene que ver con la vida del cielo. El conocimiento nos permitirá establecer con los hombres llegados del otro lado del mar un intercambio equitativo y justo. Acabamos de salvar nuestras vidas porque recordé que, hace cierto tiempo, estaba al borde del cadalso un hombre de ojos azules. Él logró su libertad al intimidar a nuestra gente amenazándola –y cumpliendo después su vaticinio– con despojarla, en un día y a una hora anunciados, de la luz de la luna.

LAS AVES

Un ave gigantesca bajó del cielo y se acomodó en una de las gruesas ramas del árbol.

Un poco más tarde, otro pájaro colosal saltó de las nubes, descendió con gracia y ocupó otra rama florida.

Los pájaros, entonces, empezaron a cantar. Jamás se habían oído voces tan dulces y melodiosas en esos parajes de las Indias. Ese canto curó a una mujer que padecía el mal de costado y a otra azotada por fiebres y fríos, y salvó a un niño al que una enfermedad de los huesos consumía en su cuna.

Dicen que también le devolvió la luz de sus ojos a un ciego de nacimiento y que un desesperado crónico recuperó la paz de su ánima.

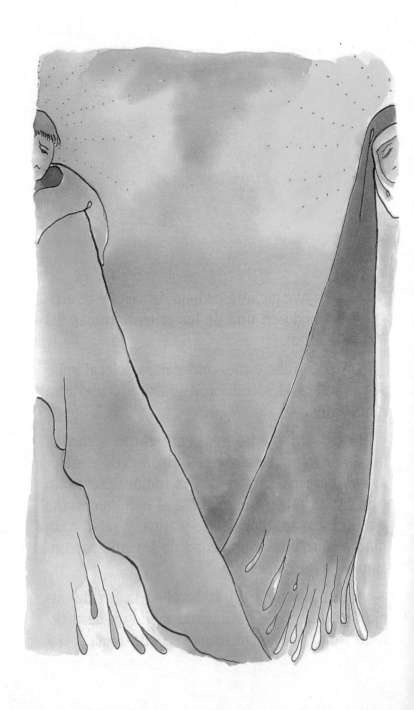

Las aves extrañas cantaban en latín y tenían forma humana. Cierto tiempo después, un sabio salmantino aclararía el misterio al declarar que los pájaros milagrosos eran –a no dudarlo– Teresa de Ávila y Juan de la Cruz, que habían llegado a estas tierras de Indias en uno de sus místicos y maravillosos vuelos.

CORAZÓN SALVAJE

Las lluvias trajeron a setiembre de 1667 y lo dejaron aterido en el cielo.

A mediados del mismo mes, el español Pascual Beltrán se instaló en una casa de la calle del Palomar del Príncipe.

Pascual era un hombre dulce y apacible, pero, para su desdicha, poseía un corazón salvaje.

Su corazón ladraba desatado, corría en círculos por los breñales de su tórax, se sumergía, alharaquiento, en la corriente de la sangre, y no cesaba en su costumbre de enseñar sus palpitantes garras a la menor provocación. Algunas noches, cuando el hombre yacía en su amplia cama, tocaba su pecho y lo adivinaba bajo sus dedos. A veces lograba apaciguarlo. El corazón, entonces, parecía ronronear como un gato gordo y agradecido. Pascual pasaba una y otra vez las manos sobre esa parte de su cuerpo y tenía la ilusión de palpar el cráneo suave de un durazno.

Esos instantes de solaz no se prolongaban. Muy pronto el corazón se alejaba de la caricia y se echaba a correr sin ton ni son como un tigre agobiado por una lluvia de moscas.

Entonces Pascual abandonaba el lecho y salía a caminar por las calles solitarias.

Las épocas de plenilunio traían el espanto para el español, porque en esas fechas su corazón pretendía subir a lo alto de su hombro para ladrarle a la luna.

Pascual Beltrán, desesperado, visitó a un fraile con el propósito de recabar su consejo. Tal vez con la ayuda de Dios hallaría alivio para su desgracia. El cura lo despidió con cajas destempladas cuando Pascual le solicitó un cordón de san Francisco para atar de patas y manos a su abestiado corazón.

Un día alguien le insinuó que siguiera una dieta en la que abundaran los dulces. Como lo temía, no dio ningún resultado. Por el contrario, su corazón se las ingenió para elaborar afiladas piedras de azúcar con las que lapidó sus entrañas.

La víscera bárbara se complacía en jugarle toda suerte de malas pasadas. En ocasiones, cuando el hombre miraba con ojos enternecidos el perfil de una muchacha, su corazón se emperraba en patearle el hígado y romperle sus ilusiones.

Alguien le informó de la existencia de un curandero indio muy sabio que vivía en un lejano lugar del sur.

Emprendió el viaje sin abrigar demasiadas esperanzas. A poco de andar, su corazón le dio una sacudida que estuvo a punto de tumbarlo del caballo. El hombre templó las riendas, tragó una bocanada de aire y emitió un aullido.

El corazón salvaje le respondió con unos desagradables cosquilleos en el esternón. Pascual sabía que ésa era una de sus maneras de reírse.

El camino descendió a lo largo de los días. Atrás quedaron el frío y la niebla. Ahora el espacio le pertenecía al aire caliente.

Pascual llegó a la orilla del gran río de la Magdalena. Ocupó un lugar en una canoa que parecía una esbelta uña de palo hendiendo la corriente.

La tupida vegetación de las orillas ocultaba ojos, alas, aromas, garras, ponzoñas, colores, que tal vez pertenecían a un monstruo cuyo cuerpo fragmentado y disperso estuviera a la espera de alguna voz del agua para ponerse en marcha.

La canoa se abrió paso dejando atrás un rebaño de caimanes, sobrepasó una ciénaga tapizada de flores carnívoras, y, luego, flotó mucho tiempo acompañada por un gran pez ciego que la confundió con su hembra.

Por fin, Pascual llegó al sitio indicado. El curandero –que jamás bajaba a tierra– vivía en una choza que había construido en lo alto de los árboles.

El español subió por una escala de bejucos trenzados y esperó frente a esa casa de paredes de hierba, puerta de espigas y techo de flores.

El corazón salvaje de Pascual no dejaba de corretear de un lado para otro. En cierto momento le lanzó a la garganta un turbión de sangre que estuvo a un paso de ahogarlo.

El tiempo transcurrió orillado por la presencia de tominejos, tapires, armadillos, loritos e insectos tan grandes y amenazadores que parecían acaparar todas las patas del mundo.

La puerta de espigas se abrió con un delicado sonido de viento. Pascual tuvo frente a sí al indio sabio. El curandero mostró una cara que le sonreía por dentro. Su vestido, su capa y su sombrero estaban confeccionados con plumas de pájaros.

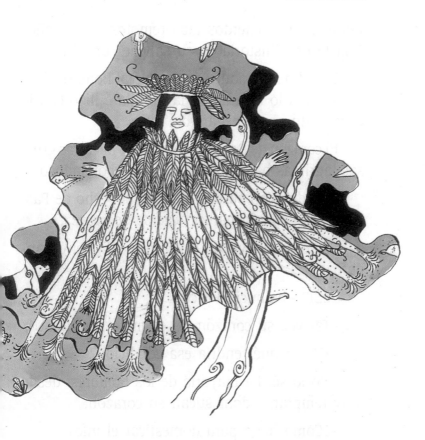

Se acomodaron entre el espeso follaje, y el indio cortó las palabras iniciales del blanco con una señal de sus manos. Le ofreció una totuma llena de rocío y, cuando Pascual se la hubo bebido, le hizo otra señal indicándole que estaba dispuesto a escucharlo.

Pascual Beltrán le dio a conocer el motivo de su visita y, alentado por el indio, reconstruyó su tiempo, sus recuerdos más remotos, sus sueños y la terrible historia de su salvaje corazón.

El indio reflexionó, contempló al hombre blanco como si lo tocara con la mirada e hizo con la cabeza un gesto negativo.

El corazón de Pascual se carcajeó, mientras gruesas lágrimas bajaban por su rostro bondadoso.

El indio, con su bastón, tocó el pecho de Pascual y el corazón pareció caerse de bruces.

–Creo que hay una esperanza –dijo el curandero.

–¿Sí? –balbució Pascual.

–Tal vez su corazón no es malo sino arisco.

–¿Y por qué tendría esa condición?

–No lo sé. La mayoría de los hombres, desde muy temprano, domestican su corazón.

–¿Cómo hago para domesticar el mío?

–Ignoro si lo aconsejable es poseer un corazón domesticado o un corazón libre.

–¿Libre?

–¿Usted le ha permitido volar en el cielo de sus pensamientos?

–¿Volar? Él no necesita volar. Lo tengo para que me sirva –exclamó el blanco.

–¿Se ha propuesto alguna vez no ser el amo sino el amigo de su propio corazón?

–¿Amigo? Él es imposible. Es una víscera loca que muerde mis sentimientos, esparce espinas en mi sangre, escupe en mis oportunidades del querer y me ha condenado a la terrible condición de hombre solo.

–Los dos están muy solos –dijo el curandero.

El español y el indio se dejaron ocupar por un silencio largo mientras que muy arriba de sus cabezas pasaba una nube de semillas voladoras que refulgía como un espejo de algodón.

El curandero se procuró otra totuma de rocío de la que el blanco bebió la mitad y el indio se tomó el resto. Pasó ceremoniosamente el dorso de la mano por sus labios, y exclamó:

–Sígame.

Los dos hombres avanzaron a lo largo de un camino trazado entre el follaje de los altos árboles.

Súbitamente, Pascual Beltrán tuvo que esquivar el golpe de una serpiente voladora que se desplazaba entre la selva como un largo dedo de ave.

Desde la copa de un guarumo, el indio le señaló al blanco un claro. Allí, en medio de una tierra roja, se levantaba una choza en forma de burbuja.

Cuando Pascual quiso hacerle una pregunta al curandero, éste había desaparecido.

El español descendió de su sendero en los árboles y avanzó a lo largo de un camino polvoriento. No lejos de allí, corría un río de aguas blancas como la leche.

Llegó frente a la choza y llamó a voces. Acudió al llamado una joven mujer negra, tan hermosa, que la mirada del hombre tropezó con una ahogada exclamación de su boca.

La mujer estaba ahí, desnuda, como una repentina y espléndida creación de la carne. Sus pies, tobillos, piernas y rodillas eran suaves y perfectos.

Sus muslos contenían la apetitosa redondez de la miel, su pubis era una rizada ala de mariposa, su cintura una estrecha y cálida habitación para las manos, y sus senos, pequeños y puntiagudos, semejaban caras de pájaros nobles.

Pascual Beltrán permaneció inmóvil y su mirada se paseó por el cuello frágil y fuerte, a la vez, de la mujer. Luego se detuvo en sus ojos. Eran los ojos más inteligentes que había encontrado en su vida. En ellos se podía leer toda la historia del mundo.

De repente la mujer dobló las rodillas y llevó sus manos al pecho. Pascual supo entonces que ella también tenía un corazón salvaje.

Se acercó a la mujer, y sus corazones ladraron, se mostraron los dientes, se sacudieron de manera iracunda, se amenazaron y descompasadamente patearon el flujo de la sangre.

Él y ella se sintieron morir. Se abrazaron pero sus fieros corazones insistieron en su intento de irse a las manos.

El hombre y la mujer se desvanecieron y cayeron sobre la tierra roja.

Cuando recobraron el conocimiento, aún estaban abrazados y sintieron que, por primera vez en sus vidas, respiraban el vino de la dicha y que sus corazones eran águilas suaves que volaban una junto a la otra, en el vasto país de sus sangres.

Pascual y Nayeliné –tal era el nombre de la negra linda– se unieron y dieron origen a un pueblo nuevo.

Es fácil reconocer a sus descendientes porque sus corazones gritan, corren, saltan, vuelan y cantan, en muy diversas ocasiones, especialmente en las que tienen que ver con la fiesta de la vida y las desatadas luchas por la libertad.

¡Tierra! ¡Tierra!

Nunca he debido embarcarme en esta empresa tan azarosa –dijo uno de los navegantes.

–A pesar de todo, soy optimista –dijo otro.

–Creo que vamos detrás de una ilusión.

–Todo descubrimiento aparece primero en el mapa de los afanes.

–¿Vale la pena todo este esfuerzo por descubrir un nuevo camino?

–Creo que sí.

Los navegantes se callaron. A lo lejos un cometa dibujó un inmenso chisporroteo en la negrura del espacio.

Las tres naves se deslizaron seguras y veloces. Semejaban tres criaturas aladas comedoras de largas distancias.

Súbitamente, la imagen de la tierra pareció salirles al encuentro. Una de las naves lanzó una señal, y el júbilo hizo presa de todos los componentes de la expedición.

Poco a poco el alarido de alegría se redujo hasta apagarse totalmente, porque esas costas se desvanecieron en un juego extraño de luces y sombras.

La visión de la tierra cercana había sido un espejismo. El descontento agrió una vez más el ánimo de los navegantes. Las naves avanzaban adivinando el rumbo, en un viaje que parecía no tener fin.

El eco de historias terribles, la incógnita de espacios nunca antes explorados, el temor a lo desconocido, acrecentaban la desazón y la impaciencia de un número cada vez mayor de tripulantes.

Algunas señales, que podrían ser interpretadas favorablemente, no alcanzaban a rehacer la confianza de aquellos que se habían embarcado con el propósito de descubrir un camino nuevo y seguro hacia lugares de inconmensurables riquezas.

La nave capitana cambió ligeramente el rumbo y las otras dos la siguieron mientras las estrellas abrían y cerraban con sus luces las compuertas del tiempo.

50

–¡Tierra! ¡Tierra! –exclamó de pronto un vigía.

Frente a ellos surgió un planeta de color azul.

En la cámara de derrota, el comandante de la expedición oprimió unos botones y en la pantalla se dibujó una cascada de datos.

–Entonces sí eran ciertas las leyendas sobre este lugar –dijo el segundo de a bordo.

–Nunca dudé de su existencia –contestó el comandante.

–Éste es un momento trascendental en la historia de la navegación cósmica –exclamó el vigía–. Hemos descubierto el planeta que, según las fábulas, posee en cantidades asombrosas el tesoro del agua, y que desde hace tiempos emite de manera constante la música más extraña y maravillosa del universo.

El comandante sonrió, pulsó unas teclas de la computadora de mando, emitió unas señales y las tres naves se dirigieron raudas a las playas del hermoso planeta azul que cantaba en el espacio.

EL ÁRBOL
DE LA BONDAD

A su paso se oían risas apagadas y no faltó quien, de manera disimulada, lo señalara con el dedo, calificándolo de tonto.

El hijodalgo don Pedro de Alcázar parecía desafiar las leyes de la cordura al empeñarse en la expedición más delirante de que se tuviera memoria.

En la parte más oriental de la noche se abrió camino un aerolito. Un perro ladró de manera extraña en el patio. Su ladrido parecía el graznido de un pájaro. Pedro de Alcázar se apoyó en el antepecho de la ventana y emitió un largo silbido, tal vez con el propósito de consolar al perro. El patio conservaba un aire árabe que nadie había sido capaz de sacar de allí.

Se abrió una puerta a las espaldas del hombre y una anciana avanzó hacia él llevando en las manos un jarro de porcelana.

–Le traigo su bebida de jazmín, señor.

–Gracias, Ana Isabel.

–Es conveniente que se la tome hasta la última gota. Le proporcionará la calma que necesita.

–Yo no necesito calma.

–De todas maneras le hará bien.

–¿Usted también cree que estoy loco, o que soy un babieca?

–Dios me libre de pensar en algo semejante, señor.

–Algunos, con el propósito de zaherirme, me comparan con don Juan Ponce de León.

–Algo he oído en relación con él. ¿No fue, acaso, el que anduvo por todos los rumbos buscando la fuente de la eterna juventud?

–Sí, y esa comparación me honra. No todos los que acudieron al Nuevo Mundo fueron conducidos por la codicia. No todo en la vida son oros y reinos.

–Mi opinión, don Pedro, es la de que don Juan Ponce, al correr tras la noticia de esa fuente de juventud, cometió un enorme disparate.

–No estoy tan seguro.

–Los sueños, sueños son. No tienen nada que ver con las realidades de la vida.

–¿Quién podría asegurar que los sueños no son la parte más descarnada y a veces brutal de las realidades?

–La verdad es que yo no entiendo mucho de esas cosas. Sería conveniente escuchar el juicio de alguien versado en doctrina y en latines.

–O en textos de ingenio.

El hombre bebió lentamente el contenido del jarro. Se lo devolvió a la mujer, sin mirarla.

–No quiero ser insolente. Soy una vieja y le he servido durante muchos años. Usted es un hombre a quien respeto. Pero ese tiempo de consideración y servicio me autoriza para decirle que usted, señor, está cometiendo un gravísimo error.

–¿Error?

–No se puede entender de otra manera que alguien, en la edad del reposo, y comprometiendo además toda su fortuna, arme un viaje para ir a las Indias en busca del árbol de la bondad.

–El maravilloso árbol de la bondad –musitó don Pedro de Alcázar.

Entre el hombre y la mujer cayó un silencio frío. Del puerto llegó un hedor muy singular. Era una pestilencia como si se estuviera deshaciendo de repente el cadáver de un barco.

La anciana emitió un suspiro y abandonó la habitación. Afuera, un pájaro cantó de manera extraña. Su gorjeo parecía el aullido de un perro.

Una muchedumbre burlona despidió a las dos carabelas armadas por don Pedro de Alcázar.

El hijodalgo –ahora investido con las responsabilidades de capitán navegante– parecía no oír ni ver a quienes lo hacían objeto de pullas y gritos desobligantes.

Favorecido por los vientos alisios hizo una navegación rápida y sin contratiempos. Lo primero del Nuevo Mundo que se le metió en los ojos fue el color verde. Verde era el aire y la mar y la cara de la costa, y verdes deberían ser también los sueños, los amores y los pensamientos.

Tras el rastro del árbol bueno, don Pedro de Alcázar y su gente recorrieron, inútilmente, dilatados territorios.

Entraron en decenas de puertos, se internaron en punzantes desiertos, vadearon ríos de alacranes, treparon a los páramos y les enseñaron a sus ojos a reconocer los bosques de niebla, y en los valles ardientes percibieron las heridas que le infligen al aire los vampiros.

Don Pedro supo también que indagar por el árbol de la bondad representaba toda suerte de

peligros y asechanzas. Era una pregunta incómoda para mucha gente, que a manera de respuesta siempre tenía a mano el silencio, el desprecio y, en no pocas ocasiones, la violencia: Un encomendero lo echó a empellones de su casa, un veterano conquistador lo retó a duelo, un funcionario del rey lo amenazó con condenarlo a galeras, un gobernador lo desterró de su jurisdicción, un fraile le prometió el infierno, y un alcabalero le impuso una multa por contrabandear insensateces.

La expedición de don Pedro de Alcázar se fue deshojando hasta quedar convertida en un puñado de hombres afiebrados. A su lado permanecieron Andrés Oviedo, Manuel Oquendo, Sebastián Sevilla, Lucas Fernández, José Montaña, Carlos Nicolás Hernández, Jorge Orduz, Óscar Martínez y el mestizo Juan Buenaire, que les servía de intérprete.

En una ocasión se toparon con un lago de aguas opalinas. Sobre la superficie, unas plantas acuáticas extendían sus hojas, y eran tan grandes que fácilmente podrían sostener a flote un caballo. En muchas de ellas se habían acomodado naciones de insectos, reptiles y pájaros.

Acamparon en la ribera pedregosa. La luna, a la que habían visto desde siempre dibujando y desdibujando su cuerpo redondo, apareció en el cielo con el aspecto de una mano blanca.

Al filo de la medianoche se levantó un gemido, una sostenida salmodia de dolor.

Don Pedro puso en alerta a sus hombres. La luna, entonces, pareció señalar con uno de sus dedos el centro del lago.

Los hombres caminaron sobre las hojas hasta que llegaron a un lugar en el que se abría una gigantesca flor flotante. Entre los pétalos se refugiaba una joven india. Todo su cuerpo estaba cruzado por recientes heridas de látigo. Ella, aterrorizada, quiso huir ante la presencia de los españoles, pero era tal su debilidad y postración, que apenas pudo incorporarse, dar medio paso y caer sin sentido entre el perfume.

Don Pedro ordenó conducirla al campamento. A pesar del solícito trato que le dispensaron, ella se negó a recibir alimentos. Permaneció inmóvil en su lecho de hojas secas. Don Pedro tuvo la certidumbre de que la india había decidido morirse.

Al día siguiente, un indio viejo llegó al campamento. Se cubría con una manta de algodón y se adornaba la cabeza con alas de pájaros. Pidió permiso para ver a la joven. Juan Buenaire, avisado, tradujo las palabras que el indio le dirigió a la mujer.

–Hija –exclamó el anciano–, tus lunas y tus soles no han concluido su camino en el cielo de tu vida. Sé que estás muy afligida, pero no todo está perdido. Nos queda el árbol de la bondad.

–¡Ha dicho el árbol de la bondad! –gritó muy excitado Manuel Oquendo. Don Pedro de Alcázar le impuso silencio con un gesto.

–Hija, escúchame –dijo el indio–. Estoy hablando de un gran árbol. Es frondoso y valiente.

61

No hay coraje más grande que el que se necesita para ejercer la ternura. Más allá de toda duda, es un árbol que ama a los indios.

La mujer contempló al viejo con mirada húmeda, alargó los brazos y aceptó una totuma de agua fresca.

Don Pedro cayó de rodillas, y exclamó:

–Los caminos de Dios son inescrutables. Gracias, Señor. El árbol de la bondad existe y se nos ha concedido la infinita gracia de llegar a él.

La pareja de indios guió a los españoles a lo largo de caminos umbríos.

Finalmente, llegaron a un paraje en el que se levantaba una sólida casa.

El techo de la edificación se había cubierto en su totalidad con la hierba, como si la casa hubiera decidido colocarse un prado de sombrero. La verdura estaba esmaltada con flores amarillas y sobre las flores zumbaban las abejas.

De repente, el indio estiró el brazo y señaló un punto bañado por la luz del sol. Y, entonces, lo vieron.

–¡Ahí está! –gritó el indio.

–¿El árbol de la bondad? –preguntó Sebastián Sevilla.

–Sí, sus brazos son dulces y su sombra le hace bien al alma –exclamó el indio.

–Increíble –musitó Jorge Orduz.

Pedro de Alcázar observó el sitio señalado por el indio y detalló la figura sarmentosa.

Se acercaron a ella lentamente.

–El árbol está orando –dijo la india.

–Sus frutos son dulces, pero me consta que para los hombres de corazón duro suelen ser muy amargos –dijo Óscar Martínez.

Pedro de Alcázar, sonriente, exclamó:

–Las cosas no son lo que parecen ser a simple vista. Quien tenga oídos que oiga y quien tenga ojos que vea.

Con una voz muy suave, el indio dijo:

–Éste es nuestro amigo, el dulce, fuerte y justo fray Bartolomé de las Casas, el protector de los indios, el árbol de la bondad.

EL BURRO CONQUISTADOR

Había una vez un burro que se llamaba Marubare. Era natural de Andalucía y fue el primer jumento que llegó a estas costas de tierra firme. Lo hizo a bordo de un velero capitaneado por un hombre que al hablar cantaba. Todo lo decía con música: los comentarios sobre el viaje, el mar y el estado del tiempo, los saludos y las órdenes. También gorjeaba al hablarle a una mujer y, cuando tenía que enfrentarse con algún enemigo, lo desafiaba jugando con la voz.

El velero estaba a pocas millas de la costa, cuando la tormenta le cayó encima como una gigantesca piedra de agua y de viento.

El capitán cantó, una tras otra, las órdenes necesarias para salvar el barco, pero se precipitó en la trampa de los arrecifes.

–Nos hundimos, sálvese quien pueda –cantó súbitamente el capitán.

El velero se deshizo contra las rocas y sólo un puñado de españoles y Marubare lograron alcanzar la tierra.

–Por aquí, vamos –cantó el capitán, en su intento de guiar lejos del peligro a su diezmada tripulación.

Los sobrevivientes lo siguieron y entraron con él a la floresta. Después de varios días de marcha encontraron un poblado indio. Cuando estuvieron a la altura de los primeros bohíos fueron recibidos con una lluvia de flechas.

Todos, a excepción del asno, perecieron. El capitán no tuvo tiempo de cantar nada. Intentó hacerlo, pero la melodía fue apenas una burbuja que reventó en sus labios.

Los indios se sorprendieron al ver al burro y el burro se sorprendió al ver a los indios. Uno y otros nunca habían estado frente a seres tan extraños.

A Marubare lo que más le intrigaba eran los sombreros de pájaros que sus captores lucían con disimulado orgullo.

A los indios lo que más suscitaba su curiosidad eran las largas orejas de esa criatura nunca antes vista, y sus ojos dulces que parecían saludar cuando miraban.

El burro fue instalado en un bohío muy grande y tratado con el respeto y la cortesía debidos a los huéspedes ilustres.

El nuevo mundo no cesaba de asombrar a Marubare con sus cielos nacarados, el aire de siete sabores, los árboles cargados de pájaros que mostraban la insistencia del bosque en una florescencia de trinos, silbidos, chillidos y cantos, y en la abundante cosecha de carmesíes, amarillos, verdes, azules, blancos, violetas, negros y plateados.

Le fascinaron las enormes mariposas de refulgente color verde. Imaginó que eran las semillas de los potreros, que esas mariposas caían a la tierra y entonces crecían en forma de praderas.

Le maravillaron también los pueblos de monos que habían convertido el largo e inteligente dedo de su cola en una mano que les permitía inventar las maromas imposibles.

Al poco tiempo se hizo muy amigo de una iguana vieja. La iguana era muy sabia y pronto aprendió la manera de conversar con el asno. Le complacía contarle historias de estas tierras. Fue así como el burro se enteró de la existencia de unos armadillos con caparazones de oro, de unas

montañas flotantes y de una fruta que al afortunado que la comía lo convertía –sin cambiarle de forma– en un instrumento musical. Si un ave, su vuelo era una melodía acompasada con el viento; si un caimán, sus movimientos levantaban sonidos de tambores de agua, y si un hombre, todo contacto con él sería respondido con frases musicales, como si su piel escondiera una orquesta.

También escuchó de labios de la iguana una historia que hablaba de ríos que algunos indios

sabios llevan en sus mochilas de algodón y que cuando los necesitan para preservar la vida y apagar la sed de la tierra, de las bestias o de los hombres, simplemente los sacan de las mochilas, los colocan delicadamente en el suelo y los dejan correr.

De un momento a otro el burro comenzó a soñar. Nunca antes lo había hecho. En su Andalucía natal, el trabajo rudo, los palos y la ausencia de libertad lo habían mantenido al margen de las ensoñaciones.

Ahora, la línea entre la vigilia y los sueños era cada vez más sutil. Le ocurría con alguna frecuencia que en medio de un sueño nocturno salía del poblado y echaba a andar por cualquier sendero. Si en lo alto aparecía la luna, entonces soñaba que el astro era un pozo de agua brillante y mordisqueaba el aire aquí y allá, con el fin de comerse los brotes tiernos de la noche.

En una de esas ocasiones se encontró con la iguana, que le reprochó esas salidas, por considerarlas peligrosas.

—¿Peligrosas? —bisbiseó Marubare.

—Sí. Por estos rumbos abundan los tigres, y creo que usted sería una presa apetecible para ellos.

El burro miró con aprensión a todos lados y musitó:

—Gracias por avisarme.

—La mayor desgracia que le puede ocurrir a alguien es ser devorado por alguien —sentenció la iguana.

—Así es.

—Yo he llegado a vieja porque he sabido mantenerme alejada de las garras y mandíbulas de mis enemigos.

—Lo tendré en cuenta.

—Ser utilizado como alimento es horripilante y, aunque nadie está exento de padecer esa desgracia, debe procurar evitarla.

—Regresaré a mi bohío —dijo el burro.

—Me parece prudente.

—Tendré cuidado cuando saque a pasear mis sueños —susurró el burro.

—Usted es mi amigo y le voy a comunicar un secreto —dijo la iguana.

—Soy todo orejas —exclamó el burro.

—Cuando perciba un olor a guayaba podrida y el aire le duela, y cuando sienta que unos ojos dibujan su presencia con largas líneas de hielo, estará a punto de ser atacado y devorado por los tigres.

Ya hacía cierto tiempo que se había ido la temporada de lluvias cuando don Alonso Luis de Lugo y su tropa se acercaron al poblado protegidos por la oscuridad. Lo rodearon sigilosamente y se pusieron a la espera del amanecer para atacarlo.

Súbitamente, los españoles oyeron un ruido tan estridente y espantoso que lo atribuyeron a un demonio alharaquiento. Los soldados estuvieron a un paso de salir en estampida, pero don Alonso los tranquilizó, al decirles que era el portador de una astilla de la cruz en la que fue crucificado Nuestro Señor Jesucristo y que esa reliquia los protegería de todos los diablos indios.

Con las primeras luces del alba los conquistadores avanzaron y de nuevo escucharon el grito horrible. Se detuvieron temblorosos hasta que descubrieron al burro en el centro del poblado y supieron entonces que la voz atribuida a los diablos era el rebuzno del animal.

Los indios combatieron con heroísmo pero al final fueron derrotados. Don Alonso Luis de Lugo incluyó al burro en el rico botín y entró con él en triunfo al puerto de Santa Marta.

El 6 de abril de 1536, Marubare –el primer burro que pisó estos suelos– fue reclutado para engrosar las filas de la expedición comandada por Gonzalo Jiménez de Quesada, que saldría con la misión de descubrir y conquistar las vastas tierras del sur.

El burrito, con el capellán a cuestas, hizo un largo camino a través de pantanos, bosques de niebla, cordilleras y selvas.

En su marcha tenaz hacia las tierras del interior, Marubare se encontró con miríadas de caimanes que parecían hojas del gran árbol del río, cóndores de tan notable envergadura que era imposible encontrar en otros mundos unas aves que pudieran darle un abrazo tan grande al aire, guacamayas con los vestidos del arco iris, venados enanos y murciélagos comedores de flores.

En ocasiones lo estremeció el pánico al olfatear el hedor de la guayaba y sentir los insoportables dolores del aire.

Compartió con los otros conquistadores fatigas y esperanzas hasta que llegaron a un altiplano maravilloso.

Marubare no había visto jamás un verde más verde que el verde de esa pradera verde que parecía infinita.

El burro emitió un vibrante rebuzno de felicidad. Más tarde participaría en la fundación de Santafé.

Marubare creyó entonces que se había ganado el derecho de pastar libremente en esa pradera a la que veía como un nacedero de mariposas, pero don Hernán Pérez de Quesada lo incluyó en la expedición que saldría en búsqueda de El Dorado, ese país donde se levantaban edificios de oro macizo y en el que era posible encontrar bosques de láminas doradas y senderos empedrados con las esmeraldas más hermosas de la creación. También allí debería existir un lago en cuyas aguas estaba anclada una balsa colosal de forma ovalada y cubierta de oro en polvo para que hiciera las veces de espejo en el que se pudiera mirar el sol.

La expedición remontó la cordillera y luego se internó en un territorio desértico en el que experimentaron un sinnúmero de penalidades. Ningún sufrimiento les fue reservado, incluido el del hambre.

Marubare compadecía a sus compañeros de conquista. Al menos él se las ingeniaba para hallar raicillas, hierbajos, chamizos, con los que mitigaba sus necesidades.

Una noche los españoles vieron volar muy bajo a un buitre fosforescente.

—Es una señal —dijo uno.

—Ese buitre sabe que nos estamos muriendo de hambre —dijo otro.

—Hace días que agotamos todas las provisiones y yo dudo que el desierto nos invite a cenar —dijo el capellán.

El viento levantó una fina tela de polvo que cubrió a los hombres mientras a lo lejos unas bestezuelas se arrastraban arañando el suelo con sus patas de piedra.

Hernán Pérez de Quesada contempló a sus hombres desfallecientes y tomó la decisión de convocar un consejo de emergencia.

En el cielo apareció otro buitre alunado que no logró distraer la apagada conversación de los expedicionarios. El burro, de repente, percibió un olor a guayaba podrida y el aire le dolió y entonces vislumbró unos ojos que lo dibujaban con líneas de hielo y esos ojos eran los de Hernán Pérez de Quesada y sus hombres, que avanzaban hacia él.

LA GUACA

El sol se deshizo en un apacible tono ámbar. Un venado, que de manera extraña acogía en su cornamenta un nido de pájaros, dio un salto, atravesó raudo una pradera y se internó en el monte.

El Adelantado Gonzalo Jiménez de Quesada interrumpió la marcha de su tropa. El lugar y la hora rezumaban dulzura.

—¿Por qué nos detenemos? —preguntó un capitán.

—No lo sé —contestó el Adelantado.

—Señor, debemos apurarnos —dijo el capitán—. Nuestros espías han señalado el punto en el que se esconde el cacique Bogotá. Hay que caerle encima antes de que nos coja la noche.

—Me da mala espina este aire tan deleitoso —dijo Jiménez de Quesada.

–Aleje de su ánimo las prevenciones, señor. Hemos perseguido durante mucho tiempo a Bogotá y plugue a Dios que nos apoderemos presto de él y de su tesoro. Dicen que es tan fabuloso que sólo podrían compararse con él las riquezas que tuvo en su tiempo el rey Salomón.

Inesperadamente, como si hubiera salido del otro lado de un espejo, un gavilán de magníficas alas descendió, se metió detrás de unas altas rocas y volvió a ganar altura llevando en sus garras una corona de plumas.

Muy pronto el gavilán soltó la corona, que cayó a tierra como el inerte cascarón de un papagayo.

–La rapaz se equivocó –dijo Gonzalo Jiménez de Quesada–. Creyó que era una presa y capturó a cambio el sombrero de uno de nuestros enemigos.

–Qué cosa tan rara –musitó el capellán que acompañaba a la tropa.

–A ese gavilán se le estropearon los ojos –acotó el Adelantado–. Su ceguera ha sido nuestra luz. Detrás de aquellas piedras nos esperan los indios emboscados.

Jiménez de Quesada dio la voz de alarma y su hueste se aprestó para la batalla.

Sobre las rocas aparecieron el cacique Bogotá y su ejército de aborígenes.

El capellán se adelantó dos pasos y dejó oír su voz. Era la voz que repetía la fórmula obligada antes de emprender una acción contra los indios.

–Señor Bogotá –exclamó el cura–, ¿cree vuesa merced en que hay un Dios uno y trino, cree en el Espíritu Santo y en Jesucristo su único hijo que nació de Santa María Virgen?

El cacique y sus hombres permanecieron mudos.

–No cree –susurró el capellán.

Súbitamente los aborígenes desataron una ensordecedora gritería y atacaron armados con arcos, lanzas y macanas. Los arcabuces, las espadas, las ballestas, los caballos y los perros se dedicaron a acallarlos. Cuando el cacique Bogotá se desplomó atravesado por un venablo, su ejército se desbandó aterrorizado.

–¿Perseguimos a los que huyen? –preguntó el capitán.

–No es necesario –respondió Jiménez de Quesada con una voz opaca.

–El cacique Bogotá está muerto –afirmó el capitán.

—Es una desgracia —exclamó Jiménez de Quesada—. Una terrible desgracia. Ya no nos podrá decir en dónde ha escondido su tesoro.

—Según sus costumbres, otro hombre estaría al tanto de ese secreto.

—¿Quién?

—Su sucesor.

Chía, la diosa luna, terminó su cena de estrellas. En esa ocasión comió tanta luz que su cuerpo redondo ocupó toda la noche, iluminándola.

En la orilla de la laguna Iguaque, desnudo, sin ninguna compañía, el cacique Sacresaxigua danzaba en honor de la diosa.

Él era el heredero del cacique Bogotá y suplicaba la protección de Chía. Sabía que a causa de sus nuevas responsabilidades ya lo estaba olfateando la muerte con la larga y terrible nariz de perro que había adquirido en los últimos tiempos.

A los oídos de Jiménez de Quesada y de su gente llegaban constantemente noticias en relación con el maravilloso tesoro de los muiscas. Se hablaba de un venado de oro de tamaño natural, de incontables narigueras, pectorales, máscaras y brazaletes de metal precioso, de cientos de vasijas que contenían esmeraldas y perlas, de millares de láminas de oro que los aborígenes usaban en sus casas para solazarse con la música que producían al ser empujadas por el viento.

Se movieron entonces tras el rastro de Sacresaxigua con el fin de prenderlo y obligarlo a entregar su secreto. Para el efecto emplearon ora la violencia, ora el halago, pero el cacique era escurridizo y desconfiado.

Sobre una piedra lisa y brillante, el nuevo cacique colocó una mazorca de maíz a la que le había quitado el amero que la cubría con una delicadeza apropiada para los desnudamientos del amor. Los granos reflejaron la luz plateada, y a lo largo de sus hileras se dibujaron imágenes que contenían episodios de vida, muerte y resurrección.

La mazorca recibió el humo del tabaco sagrado que emergía de la boca de Sacresaxigua, y de repente sus granos saltaron y revolotearon en todas las direcciones como si fueran mariposas de harina.

En otros lugares, hombres y mujeres del pueblo muisca le suplicaban a Chía el préstamo de una brizna de su poder para vestir con ella a Sacresaxigua.

El cacique se adentró en las aguas de la laguna de Iguaque. Se sumergió una y otra vez en el lugar exacto en que Chía se reflejaba.

Al día siguiente, de manera inexplicable, los oidores de la Real Audiencia de Santafé encontraron los bolsillos de sus negros ropajes llenos de palomitas de maíz.

Los muiscas empezaron a mirar esa confrontación con un interés nunca antes experimentado. Sacresaxigua no sólo era un valeroso y hábil guerrero, sino que poseía además una rara cualidad: era propicio a la risa y a los juegos de ingenio.

En una ocasión, cuando los conquistadores sorpresivamente rodearon su bohío, se escurrió por un pasadizo disimulado, no sin antes disfrazar a uno de sus más oscuros sirvientes con sus ropas y ornamentos. Los conquistadores –creyendo que estaban ante el cacique– le rindieron pleitesía. Mañosamente apelaron a la melosería para poder echarles mano a las riquezas que ambicionaban. Le prometieron al indio toda clase de honores y lo trataron con los miramientos propios

de un personaje de encumbrada jerarquía. De repente el juego se interrumpió con las carcajadas de Sacresaxigua que, oculto en el bosque, observaba todo lo que estaba ocurriendo. Su risa se oyó como una explosión de cascabeles.

Los indios tampoco pudieron olvidar aquel día en que sus fuerzas emboscaron a una partida de conquistadores. El cacique, en lo alto de un desfiladero, gritó:

—¿Creéis vuestras mercedes en el gran dios Chiminigagua, y en el vuelo de miles de pájaros negros que abrieron sus picos de los que salieron chorros de luz de vida y crearon todo lo creado? ¿Creéis en el dios Sol que nunca muere y en la venerable diosa Luna que lo acompaña en el bohío del cielo?

Los conquistadores, estupefactos, no supieron qué decir. Apenas tuvieron tiempo para salir en estampida, y tratando de escapar de la lluvia de piedras que les caía encima.

Al altiplano muisca llegó la época de los vientos. Tres de ellos acudieron a la cita. El que provenía del sur era tan saludable, que se recomendaba colocarse frente a él y abrir la boca para beberlo. El del norte era malsano, y el del occidente producía, en quien no se protegía con gruesos ropajes, la pérdida de la memoria.

Empujado por el viento del norte, se deslizó en la casa de Jiménez de Quesada un indio canijo, de nariz afilada y mirada huidiza. Palabreó unos instantes con el conquistador y salió presuroso. Era tal su desasosiego que, sin darse cuenta, recibió en su pecho descubierto el viento del occidente y se perdió en el olvido.

El indio de mirada huidiza había delatado a su cacique. Jiménez de Quesada encabezó la marcha veloz de su tropa hasta el sitio en donde, según el traidor, se hallaba Sacresaxigua.

Al cacique no le dieron tiempo de volarse. Le cayeron encima y lo cargaron de cadenas.

Sometido a los más crueles tormentos, Sacresaxigua, finalmente, accedió a revelar el sitio en el que se encontraba la legendaria guaca.

–Detrás del horizonte, acunada entre una mano de montañas, se encuentra una laguna pequeña –dijo el cacique con voz desmadejada–. Es un ojo de agua con una pupila de piedra en el centro. En esa islita, en un punto escondido, se han reunido, en cantidades inmensas, objetos de oro, esmeraldas y perlas. Todo lo entregaré, pero con una condición.

–Puede manifestarla –dijo Gonzalo Jiménez de Quesada, en un tono algodonoso.

–Ese tesoro pertenece a la diosa Luna –musitó el cacique–. Por lo tanto, nos acercaremos a ese lugar durante la noche, porque la noche es el palacio del aire de la luna.

–No veo ningún inconveniente –aceptó, ansioso, el Adelantado.

–Sobra decir que estaremos con ojo avizor y con las armas en la mano, para el caso de que pretenda hacernos una mala jugada –exclamó un soldado.

–No he terminado –dijo el cacique–. Hombres de mi pueblo se encargarán de recoger el tesoro y llevarlo a la orilla. Ningún extraño puede pisar la sagrada pupila del ojo de agua.

–Acepto su petición –exclamó Gonzalo Jiménez de Quesada, con un inocultable temblor en la voz.

–Nos pondremos en marcha cuando así ustedes lo dispongan –dijo el cacique.

–Lo haremos al instante –gritó el Adelantado.

–Pido que me quiten las cadenas que me dificultan caminar –dijo Sacresaxigua.

–Lo haremos cuando el oro esté en nuestro poder –masculló Jiménez de Quesada.

Miró con ojos acerados al aborigen y añadió:

—¿Cuántos días de marcha nos separan del ojo de agua?

—Nueve.

Los conquistadores se pusieron en movimiento, desplegando banderas y entonando canciones sagradas y profanas.

Cuando acampaban al término de las jornadas, muchos de ellos no podían evitar el fenómeno de hablar dormidos y entonces entablaban —entre sueños— prolongadas conversaciones sobre magnificencias, ambiciones, deleites y pompas.

A los nueve días de marcha avistaron una laguna que había hecho cama entre unos cerros de color azul.

Con la noche sobre sus cabezas, Sacresaxigua ocupó una balsa y avanzó hacia la isla que se levantaba en el centro de las aguas. Veinte de sus hombres lo flanqueaban a nado.

Los conquistadores, armados con antorchas, con sus espadas desenvainadas y ayudados por sus perros, coparon las orillas. Anhelantes, percibieron el momento en que el cacique y sus nadadores tocaron la isla. Entonces, el viento del sur sopló con fuerza y se escucharon sonidos descompuestos: silbidos, gemidos, ramalazos, un raro batir de alas y una melodía que hacía pensar en un jaguar cantor.

El cielo se puso de un color aluciernagado hasta que irrumpió el amanecer.

Al ver que el tiempo había transcurrido sin que ninguno de los indios retornara, Jiménez de Quesada ordenó construir unas balsas. Él y un nutrido destacamento de sus hombres de confianza las abordaron afanosos, profiriendo a viva voz toda suerte de amenazas.

Cuando llegaron a la isla, sólo hallaron en ella a Sacresaxigua. De manera inexplicable, los otros indios habían desaparecido. Desolados, registraron el lugar palmo a palmo. Se toparon con una inmensa concavidad de piedra bordeada por muchas huellas de pies descalzos. En una explanada se veían sobre el lodo rastros de patos y garzas de notable tamaño. Lo único que Jiménez de Quesada encontró del tesoro de los muiscas fue una perla que estaba en el fondo de la concavidad y que tenía el oriente más hermoso que alguien hubiera contemplado jamás.

Las torturas no lograron que el cacique pronunciara una sola palabra y además no impidieron que sobre su rostro se dibujara de manera imborrable una sonrisa.

Al atardecer, Sacresaxigua se irguió, dio unos cuantos pasos, a los que les sacó música gracias a las cadenas que se aferraban a sus pies, y enfrentó con ojos apacibles a los conquistadores. Su expresión de infinita serenidad no cambió ni siquiera en el momento en que una espada iracunda golpeó su corazón.

Mil años después, el astronauta chino Li Tai Fu, al servicio de la Confederación Intergaláctica, encontró El Dorado en el fondo de un cráter de la luna. Fascinado y tembloroso descubrió la presencia de un venado de oro de tamaño natural, incontables narigueras, pectorales, máscaras y brazaletes de metal precioso, cientos de vasijas que contenían esmeraldas y perlas, y millares de láminas de oro que seres humanos pertenecientes a un pueblo muy antiguo del planeta Tierra usaban en sus casas para solazarse con la música que producían al ser empujadas por el viento.

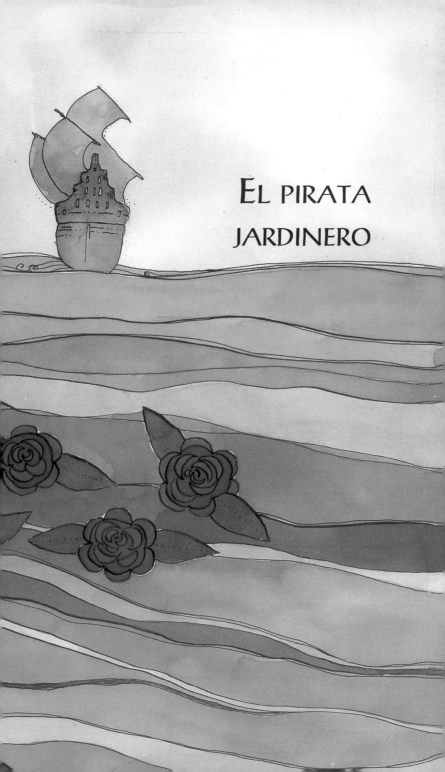

El pirata jardinero

La isla de Tortuga apareció como un navío verde en el horizonte. El pirata Luis de Montbars recordó la leyenda que habla de una isla de oro que viaja por todos los mares del mundo como si fuera un barco. También le vino a la memoria la canción, hilvanada por un negro de Jamaica, que decía que el corazón de un pirata enamorado es un velero al garete y que sólo la suerte lo conducirá a la bahía del cuerpo de la mujer amada.

—La suerte y la fuerza —masculló Montbars.

—¿Qué dice, señor? —preguntó un viejo filibustero.

—Que volvemos inmediatamente a Santo Domingo.

—Pero, señor, estamos a la vista de la isla de Tortuga. Hemos llegado a casa.

–No importa. Regresamos.

–¿Por qué?

–Porque sí.

–¿El retrato tiene algo que ver con su decisión?

–¿Cuál retrato?

–Cuando repartimos el botín, sus ojos se fueron tras una imagen de Natividad Sandoval.

–¿Usted la conoce?

–Hace algún tiempo la vi en Santo Domingo del brazo de su marido, Pedro Sandoval.

–Él es el fiscal de la Real Audiencia.

–Así es. Ese funcionario despiadado me condenó a la horca.

–¿Y cómo pudo salvar el pellejo?

–En el momento en que me iban a colocar la soga al cuello, hubo un terremoto. Tembló la tierra.

–Y usted aprovechó para darse a la fuga.

–Sí.

–Hace falta un terremoto para salvar el endemoniado atado de huesos de un pirata –dijo Montbars, hipando entre estentóreas carcajadas.

En un descuido, el pañuelo con el que había enjugado las lágrimas provocadas por su risa cayó al agua y flotó con la apariencia de un pez fantasma.

—¿Es Natividad tan bonita como dice el retrato? —preguntó Luis de Montbars.

—Es más bella que el dibujo. Ella es la mujer más hermosa de la mar —contestó el viejo filibustero.

—Ponga proa a Santo Domingo.

—Sí, señor.

El navío pirata, amparado por la noche, se acercó a las arenas de Santo Domingo. En la cubierta, Luis de Montbars dio sus últimas instrucciones y, vestido con trapos humildes, se dirigió a tierra en un bote pequeño. Alguien le gritó:

—¡Cuídese, jefe! ¡Lo esperamos en Tortuga!

El pirata Montbars sonrió y con fuertes golpes de remo se alejó del barco. Le fue fácil dar con la casa del fiscal de la Real Audiencia. Convenientemente disfrazado, solicitó el empleo de jardinero. Pedro Sandoval, después de un examen concienzudo, le dio el puesto.

Cuando Luis de Montbars vio a la andaluza Natividad, sintió que su cuerpo había tocado arrecifes de maravilla, que su corazón presentaba vías de agua dorada y dulce, y que un remolino de alegre tristeza lo hundía irremediablemente.

Un día la mujer paseaba por el jardín y oyó la voz del fingido jardinero.

—Señora, están floreciendo los rosales.

Natividad se le acercó y recibió de manos del hombre un botón de rosa húmedo y tembloroso.

—Es la flor más bella del mundo —dijo el hombre.

—Así es.

—Además es una flor sabia y mágica.

—No entiendo.

—Si mira con atención una rosa roja, verá en ella el retrato del mundo. Tocará con sus dedos los océanos y las montañas y comprobará que la carne de esa flor está poblada de criaturas, de ciudades y selvas. Si coloca su oído cerca de los pétalos escuchará la voz de la tierra y todas sus canciones. Oirá cantar a un pastor de Persia y a un jinete del sur y a una princesa de España y a un cazador africano.

—Usted no habla como un jardinero —dijo la mujer.

—Tal vez usted jamás había escuchado a un jardinero enamorado.

—¿Enamorado?

—Sí. Un jardinero enamorado de la dueña del jardín.

—¿Quién es usted?

—Soy el conde Luis de Montbars.

La mujer se puso lívida. Empezó a retroceder lentamente mientras musitaba:

—No se acerque. Usted es un pirata sanguinario. Un hombre terrible al que llaman "El exterminador".

—Sí. Soy "El exterminador", y le suplico que me escuche. Estoy enamorado de usted.

–Váyase. No quiero volver a verlo jamás.

El pirata no se marchó. La mujer no volvió a bajar al jardín. A veces escuchaba las canciones del jardinero que hablaban de un sol de flor y de dos planetas que eran los ojos de una gitana.

Un día se encontraron en el portón principal de la casa en el momento en que ella salía a un baile de máscaras.

–Necesito hablar con usted –dijo Montbars.

–Eso es imposible –contestó Natividad.

–¿Por qué no me ha denunciado? Ofrecen mucho oro por mi cabeza.

La mujer lo miró durante un segundo y, sin decir una palabra, siguió presurosa su camino.

A raíz de unos disturbios, el fiscal de la Real Audiencia se vio precisado a viajar a una aldea del interior para colgar a seis hombres acusados de conspirar contra la sacrosanta autoridad del rey.

Esa noche el pirata trepó por las ramas de un árbol y de un salto alcanzó la ventana de la alcoba de doña Natividad. Se deslizó en el interior y descubrió a la mujer en el enorme lecho cubierto por un toldillo de preciosa tela blanca que descendía como una red desde el techo.

Una vieja sirvienta fue despertada por los quejidos que salían de la habitación de su ama. Con cautela subió por las escaleras de mármol y cuando puso su ojo en la cerradura vio que la cama era un navío, que el toldillo era un velamen desplegado y que un mar de murmullos inundaba la alcoba, y de pronto creyó ver que se izaba una bandera pirata con una calavera negra, las tibias en equis, y en medio de las tibias el dibujo de una rosa escarlata.

EL ENCUENTRO

Un día, las frutas perdieron su sabor. Los pájaros frugívoros se alarmaron por el inexplicable fenómeno que los obligaba a consumir pulpas insípidas y tristes.

Una guacamaya posada en la rama de un tacay acicalaba sus plumas. A una rama más baja llegó una soledad de cola blanca.

—Feliz aire —dijo la guacamaya a guisa de saludo.

—Dichoso almíbar —contestó la soledad.

—Ni tan dichoso —apuntó la guacamaya.

—Lo sé, me acabo de encontrar con un racimo de caimarón que me supo a nada.

—A todas las frutas se les fue la miel.

—Es muy rara esta ausencia de azúcar —comentó la soledad.

Súbitamente, se escuchó el revoloteo que anunciaba la presencia de un tucán. Su enorme pico coloreado parecía llevar a rastras una nube de plumas.

—¡Oído al parche! ¡Oído al parche! —gritó el tucán.

—¿Qué ocurre? —exclamaron a dúo la guacamaya y la soledad.

—Gracias a mi amigo el pato-cuervo, se aclaró el misterio del sinsabor de las frutas —silbó el tucán—. Él es tan amauta que conoce el idioma de los insectos.

—¿Y qué tiene que ver una cosa con la otra? —preguntó la guacamaya.

—El pato-cuervo, de manera providencial, escuchó una conversación de mariposas —dijo el tucán.

La guacamaya y la soledad volaron a la rama en la que se había posado el tucán.

—Una mariposa Papilio de terciopelo le dijo a otra Saraviada rojiblanca que la pérdida del sabor de las frutas se debía a una malquerencia.

—¿A una malquerencia? —chillaron la soledad y la guacamaya.

–Sí. Se ha levantado una enemistad feroz entre las frutas que pertenecen a esta parte del mundo y las recién llegadas del otro lado del mar.

–No lo puedo creer –gritó la soledad.

–Los alimentos –como muchas otras cosas– nacen y crecen en razón de la vida –dijo el tucán.

El pato-cuervo llegó al árbol, y unos aletazos serenos le permitieron agarrarse a una de sus ramas.

–Eso es cierto –dijo el pato-cuervo–. Sería absurda, por ejemplo, una pelea entre el agua y la tierra, o entre el sol y el viento, o entre una oruga y un pájaro.

–Algunos pájaros se comen las orugas –acotó la soledad.

–Sí, pero lo hacen sin rencor y sin ambiciones –explicó el pato-cuervo.

–Eso es cierto –aceptó la soledad.

–Además, el gusano, al formar parte de la sangre del ave, tiene la oportunidad de convertirse en vuelo –dijo el pato-cuervo.

–Según eso, ¿la raíz devorada por un tapir se vuelve un animal de cuatro patas? –preguntó la soledad.

–Así es. Pero también es cierto que el tapir al devorarla se convierte, a su vez, en una raíz que anda –dijo el pato-cuervo.

Saltó a una rama más alta y agregó:

–Una cosa es la lucha por afinar la vida, y otra muy distinta es la guerra provocada por las ansias de dominio.

–¿Dominio? –balbució la soledad.

—Desafortunadamente, en la selva del mundo existen unos animales que nos dan mal ejemplo porque, sin razón, se destruyen unos a otros —exclamó el pato-cuervo—. Algunos de ellos creen que solamente se pueden elevar con las alas de la muerte.

—Los conozco —dijo la soledad—. Caminan en dos patas.

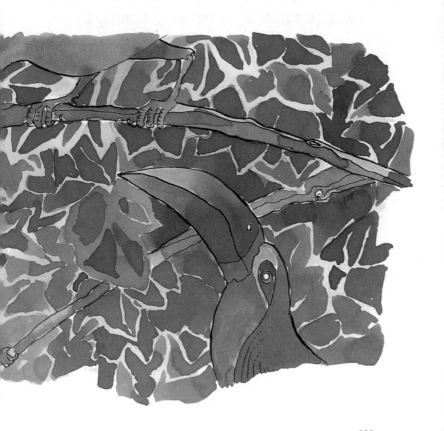

–Claro que no todos son caminantes de la muerte –concedió el pato-cuervo–. Unos cuantos son tan maravillosos que cantan como los pájaros.

–Y un puñado de ellos son amigos de las estrellas –exclamó la soledad.

–Algún día ellos y nosotros comprenderemos nuestros propios cantos –dijo el pato-cuervo.

–Creo que muy pronto la barrera de los idiomas desaparecerá –acotó la guacamaya.

Los cuatro pájaros se dejaron acariciar un momento por el sol y luego emprendieron el vuelo hasta un pomarroso que se levantaba en el espinazo de una colina.

En lontananza, unos colibríes no cesaban de meterle chispas verdedoradas al aire.

–¿Entonces, qué vamos a hacer en relación con nuestros sinsabores? –indagó la guacamaya.

–Tuve tiempo de consultar este asunto con el maíz y el trigo –respondió el pato-cuervo.

–¿Ellos no están de pelea? –preguntó la soledad.

–No. Son muy sabios para caer en ese despropósito –apuntó el pato-cuervo–. Es cierto que uno estaba aquí y el otro llegó desde la otra orilla del mar, pero cuando se encontraron se reconocieron como si fueran viejos amigos. Como es natural, hicieron muy buenas migas.

—El maíz y el trigo, ¿qué nos aconsejan hacer? —preguntó la soledad.

—Promover un encuentro con los cabecillas de las frutas en conflicto —dijo el pato-cuervo.

—Me parece una buena idea. Debemos aclarar este lío porque, de lo contrario, corremos el riesgo de morirnos de hambre —gritó la guacamaya.

—Las frutas también están en peligro —apuntó el pato-cuervo—. Como son tan insípidas, las dejarán de lado y desaparecerán. La dulzura, el aroma y el color son las patas con las que muchas semillas recorren el tiempo.

Los pájaros eligieron una inmensa ceiba para efectuar la reunión con los representantes de las frutas. Acudieron, en condición de observadores, garzas, turpiales, mirlas, arrendajos, periquitos, fruteros negros, gallitos de roca, pechirrojos, pipras de collar, viuditas, toches, y unos murciélagos comedores de insectos, pero tan curiosos que no quisieron estar ausentes de esa rara asamblea y se hicieron pasar por pájaros peludos.

El pato-cuervo, la soledad de cola blanca, el tucán y la guacamaya asumieron el papel de consejeros.

En una plataforma natural formada por las sólidas ramas de la ceiba, se colocaron frente a frente los representantes de las frutas en conflicto.

A un lado estaban –entre otros– el rojo icaco, las largas y retorcidas vainas de las guamas rabo de mono, el caimarón de piel morada y carne blanca, la piñuela con su aspecto de cuchillito ácido, el angolito de camisa anaranjada, el resucitado de monte de blanco color, el chupa-chupa de cara verde y tripa amarilla, la pitahaya con su alma de cielo blanco tachonado de estrellitas negras, la uchuva, encerrada en su cáliz, la chirimoya de cintura sonriente, la curuba con su gabán de terciopelo y el pivijay rojo-morado.

Al otro lado, y con aires de grandes señores, se distinguían el durazno, con su inquietante aspecto de corazón velludo, la roja ciruela, la pera que ponía de bulto su barriga pecosa, el melón de perfume redondo, la manzana de espalda suave, la arrebolada fresa, las uvas chispeantes y dicharacheras, y la naranja, la toronja y el limón –muy juntos– secreteándose y celebrando con carcajadas sus ácidas ocurrencias.

El pato-cuervo abrió la reunión con un sesudo canto en favor de la tolerancia. Las frutas desataron una ruidosa algazara, y nadie oía a nadie. La piñuela amenazaba con herir al melocotón, y la naranja juraba que aplastaría al icaco.

Los esfuerzos de los pájaros por serenar los ánimos fueron inútiles.

De pronto una de las largas y gruesas ramas de la ceiba comenzó a moverse.

Los pájaros descubrieron aterrados a la serpiente y volaron en todas direcciones.

El enorme ofidio llegó al lugar en donde estaban las frutas y las devoró. Una fruta de miel quemada creyó ponerse a salvo entre un enredijo de cogollos, pero la serpiente la descubrió y dio buena cuenta de ella.

Los pájaros dejaron oír una y otra vez sus chillidos de advertencia mientras el reptil se abría camino en medio de la floresta.

Las frutas, en el interior del reptil, unidas muy estrechamente por razón de las circunstancias, se reconocieron inevitablemente como miembros de una misma historia. Supieron entonces que una frutilla nacida difícilmente entre los hielos, es hermana de carne y sangre de otra que ha levantado su cara en el incendiado aire de un desierto, y que una mora de castilla tenía desde siempre en estas tierras a su hermana la mora de indias.

Súbitamente, se escuchó una risita que a todas les endulzó el ánimo. La risa provenía de una manzana cosquilleada por una piñuela. Momentos después, una uva dejó beber en su cuerpo a una guayaba maltrecha. La guayaba se recuperó y con voz de borrachita comenzó a narrar la historia de una fruta que había volado al otro lado del mundo en el interior de un ave de plumaje lunar.

Mientras tanto, la serpiente llegó a la orilla de un gran río, se colocó al socaire de unas rocas y se dispuso a hacer la digestión.

Un resucitado de monte, trepado en lo alto de la pera, exclamó:

—Escúchenme. Pronto nos vamos a deshacer en el interior de la culebra y las semillas que sobrevivan tal vez no van a recordar esta historia de odio y reconciliación.

—Tienes razón —dijo una chirimoya—. Nuestras pulpas y aromas saben lo que nos ha ocurrido, pero a lo largo de este tiempo las semillas han permanecido dormidas. Nuestra carne es la que ha sido tocada por lo amargo de esta guerra.

—No nos queda más remedio que germinar aquí y ahora —gritó el resucitado de monte.

—¿Germinar? —balbució la fresa.

—Sí. No tenemos otra alternativa —aceptó el angolito anaranjado.

–Bueno, intentémoslo. Está en juego el almíbar de nuestro fruto –dijo la uva.

–Buena suerte. Nos veremos en la otra vida –dijo el resucitado de monte.

Cierto tiempo después, sobre el lomo de la serpiente brotaron hojas y cogollos. El animal se despertó y sintió que empezaba a ser el portador de un bosque. Se supo lleno de miel y música y entonces cerró los ojos y fue tomado por el sueño en el que una parte del cielo que había amado por su aspecto de vía blanca se transformaba en una inconmensurable serpiente de leche.

El nuevo reino
de don Juan Tenorio

Don Juan Tenorio vislumbró desde la cubierta del navío el perfil de la ciudad de piedra que se extendía a lo lejos como un vientre.

Aspiró con fuerza el aire dulce y mujeril del Caribe, atusó sus finos bigotes y entrecerró sus ojos, suavemente.

Al descender del barco lo sorprendió el vuelo de una bandada de chupaflores. Sin poderlo evitar, imaginó a una mujer gigantesca con colibríes en las axilas.

Ocupó una casa muy amplia en la calle de la Sierpe. A la sombra de un árbol de guindo que ocupaba el centro del patio, reflexionó sobre el extraño llamado que lo había empujado de sus territorios de seducción en España, Italia y Francia, a estos incógnitos lares del Nuevo Mundo.

Una voz interior lo urgió a entreverarse con los conquistadores que iban como almas en pena tras tesoros y reinos. Pero él sabía que su reino era el que contenía los cuerpos de las mujeres que ansiaba con sed de perro.

Se dejó tocar en ese instante por las historias de este Nuevo Mundo que hablaban de sangrientas cacerías de mujeres indias y de las violencias con las que eran sometidas. También consideró otros episodios en los que indias enamoradas perseguían a algunos españoles, a los que rendían con unas calenturas y ternezas que nadie hasta esas fechas había sido capaz de imaginar.

Don Juan Tenorio adquirió la costumbre de subir a un mirador y atisbar desde allí la salida o la entrada de los grandes veleros. El viento, al empujar los trapos de las naves, siempre llegaba a sus oídos como un gemido de doncella moribunda.

En el mirador se sentía habitante de una región que no estaba situada ni en la tierra ni en ninguna línea del cielo. Desde allí los techos de las casas y las cúpulas de las iglesias le ofrecían a la vista un sistema montañoso en el que en ocasiones adivinaba volcanes a punto de estallar.

Una tarde, agujereada por los chillidos de una muchedumbre de loritos, sobre un tejado naranja apareció una mujer. Se movía como un ave de cobre, y de repente sus ojos se encontraron con los del hombre.

Don Juan sintió un derrumbamiento de sus huesos. Sus labios temblaron y supo que tenía que sonreír para no morirse.

La mujer le sostuvo la mirada. Ella era una india de singular belleza. El hombre movió su mano a guisa de saludo, y ella le respondió con una sonrisa que llegó hasta él con caminado de pájaro.

Don Juan estuvo a punto de llamar a un confesor, porque ese súbito enamoramiento lo sacudió con estertores de muerte. Durante toda su vida le había sacado el quite a ese sentimiento, ya que tenía la certidumbre de que para un seductor profesional, un coleccionista de ayuntamientos, un buscador de salacidades, el bienquerer es una enfermedad letal.

Alelado, pensando en la india noche y día, imaginándola en espacios de sueño en los que compartían el tiempo en vuelos con gaviotas de música, don Juan no se sintió con fuerzas para emplear ninguno de los trucos y trampas propios del engañador. La india se le había arrimado tanto, que decidió entonces enamorarla con castos arrumacos. Ella acudía a las citas, se dejaba mimar e impregnaba el aliento de don Juan con su saliva olorosa a canela.

Un día, sin sorpresa, mientras contemplaba a un velero que parecía correr en la comba del horizonte, don Juan decidió hacer a la india su esposa sagrada y legítima.

La noche de bodas, el hombre extrajo de una caja labrada el camisón más fino y bello del mundo. Era una prenda blanca, digna de la reina de Saba. No ahorró ningún esfuerzo ni costo para conseguirla.

Don Juan se lo ofreció a su flamante esposa como si fuera la piel de una garza mágica.

La india se puso la prenda sin poder evitar unas risas menudas, unos gorjeos de ave maliciosa.

Don Juan, con los ojos en blanco y un temblor inédito en los labios, le señaló la cama que había mandado elaborar especialmente para la ocasión. Era de palo de rosa y, en la cabecera, el ebanista había tallado una escena del jardín del edén.

La india rechazó la cama, y en cambio le ofreció al hombre una hamaca. La guindó con habilidad y le manifestó que la hamaca era la posibilidad que se le ofrecía a los humanos para hacer el amor sobre una nube.

Se sentaron en la hamaca, y don Juan colocó sus manos sobre los hombros de la india. Ella sonrió, se desprendió suavemente de la caricia y le dijo al oído que tenía que salir a hacer una necesidad.

Don Juan Tenorio la vio abandonar la habitación, llegar al patio y colocarse bajo la oscura ramazón del árbol de guindo.

La tardanza de la mujer en regresar generó en el hombre una creciente ansiedad que se calmaba a medias con la visión de la graciosa figura blanca bajo el árbol.

El tiempo avanzó hasta llegar a las lejanas campanadas que anunciaban la parte alta de la noche y, entonces, don Juan Tenorio, ahogado por un presentimiento atroz, saltó de la hamaca y corrió hacia el patio.

Allí, ondulante, flameando, estaba el camisón pendiendo de una rama. La mujer había desaparecido.

Don Juan la llamó a gritos, la buscó inútilmente por todos los lugares de la casa, y ante la certidumbre de su fuga, cayó derrumbado sobre la hamaca, y sintió que el camisón que estrujaba en sus manos era el incendio blanco de un infierno en el que se hundía para siempre.

EL PALENQUE

E l campero dio un bandazo y estuvo a punto de precipitarse en la cuneta.

–¡Tenga cuidado! ¡Por poco nos mata! –bramó el doctor Walter Lara.

El conductor del carro sonrió.

–No quise atropellar a un lobito –dijo.

–¿Un lobito? –preguntó un hombre que iba en la parte trasera del vehículo.

–Sí, doctor Sotomayor –respondió el conductor–. Es un lagarto sagrado.

–Tiene buen ojo. Yo apenas pude ver un punto luminoso lleno de patas que atravesó veloz la carretera –dijo un joven obeso y rubicundo que estaba sentado frente a Sotomayor.

El conductor, un hombre negro de mediana edad, lo observó por medio del espejo colocado en la parte alta del parabrisas y dijo:

—Es uno de los animalitos más bellos del mundo. Tiene doble piel. La que se percibe es una piel de luz azul-esmeralda. Ese lagarto se viste con un aire tornasol.

—Qué aire tornasol ni qué ocho cuartos —susurró un hombre viejo, de piel apergaminada, ojos grises y labios tan delgados que parecían un tajo sobre la cara.

—Comprendo su enojo, doctor De Narváez —dijo Walter Lara.

—Ascencio Masunga, lo hemos contratado para que nos lleve a su aldea sanos y salvos —dijo un hombre de larga barba amarilla.

—No se inquiete, doctor Samaniegos. Sanos y salvos llegarán a ella —dijo Masunga.

El carro levantó una cola de polvo dorado y avanzó en medio de una alameda. Los árboles, al lado y lado del camino, parecían altos pájaros de barro.

La carretera superó una zona pantanosa y luego serpenteó hasta lo alto de una colina. Al llegar a la cima, Walter Lara le ordenó a Masunga que se detuviera.

Abajo se extendía el mar. Un pesquero brillaba en el horizonte con el inquietante aspecto de un enorme insecto chupador de peces.

El joven obeso extendió su mano rosada y exclamó:

—¡Miren, allá está el palenque!

—Aguda observación, profesor Casares —afirmó con sarcasmo Samaniegos.

Como si se deslizaran por un tobogán de aire, unos pelícanos se precipitaron sobre el agua.

Casares abrió una bolsa que llevaba asegurada a la cadera y sacó unas ciruelas de buen tamaño y de un hermoso color escarlata.

Al primero que le ofreció una de las frutas fue a Ascencio Masunga. Luego repartió otras entre sus compañeros.

El negro contempló la ciruela y la acarició con los ojos.

—Qué fruta tan bonita —dijo Masunga—. Parece un corazón.

El joven obeso y rubicundo mordió con avidez su ciruela. A lo largo de la comisura de sus labios corrió el jugo azucarado. Lo enjugó con sus dedos y exclamó:

—¿Se podría afirmar que el hombre es un cardiófago?

—¡Un qué? —gruñó Samaniegos.

–Un comedor de corazones –dijo Casares.

–Sería conveniente, profesor Casares –dijo Sotomayor ahuecando la voz– que no olvidara sus obligaciones con la seriedad.

–No hay nada más serio que comer corazones –dijo Masunga.

Sotomayor lo miró con frialdad mientras le daba mordisquitos a su ciruela.

–O tal vez sí –agregó Masunga–. Que un corazón se lo coma a uno.

Casares estalló en carcajadas. Su vientre parecía moverse en oleadas y sus ojos se llenaron de lágrimas.

De Narváez guió al grupo hasta unas piedras surcadas por nervaduras de terciopelo gris. Se sentaron sobre ellas y contemplaron el mar tranquilo y el pueblo de negros del que provenía un rumor como un canto de cangrejos en celo.

Casares destapó una botella de vino que corrió ágilmente de boca en boca.

–Es interesante comprobar que esa aldea de negros ha sobrevivido desde el año 1550 –acotó Lara.

–Una buena razón para haberla escogido como sujeto de nuestros estudios –afirmó De Narváez.

–Desde aquellas épocas los esclavos abandonaron las casas de sus amos, huyeron, se organizaron, sostuvieron guerras interminables e inventaron aquí su nuevo mundo –afirmó Lara.

–Hay que reconocerles su determinación –dijo Sotomayor.

–¿Y usted qué opina? –le preguntó De Narváez al negro.

–Yo no opino, yo vivo allá –afirmó Masunga.

El campero, al entrar en el poblado, espantó a unas gallinas que se encontraban en la vía, y a duras penas pudo esquivar a un burro somnoliento, al que alguien le había puesto un sombrero de dama antigua.

Ascencio Masunga no cesaba de tocar el pito del campero y de componer con ese sonido una melodía festiva.

Los palenqueros se reunieron en una plazoleta que tenía forma de medialuna. En esa congregación se destacaban Telmo Bansú, María Zambú, Fernanda Umbeza, Sandalio Usengo, Teresa Masala, Alejo Usutú, Calixto Nichembe, Martina Encanga, Mazedón Lenda y Florentina Lingú.

El doctor Walter Lara tomó la palabra:

–Señoras y señores –dijo–: Les agradecemos que nos escuchen. Hemos venido a este lugar porque sabemos que aquí, desde el siglo XVI, persiste un palenque. Un poblado en el que se refugiaron los negros esclavos y huidos.

En ese momento los negros rieron alborozados. El burro que lucía el sombrero de dama antigua buscó acomodo entre la gente.

El doctor Lara, visiblemente molesto, prosiguió su discurso:

–Me acompañan los doctores Sotomayor, De Narváez, Casares y Samaniegos, eminentes investigadores de la cultura. Nuestra idea es la de escribir un libro, un gran libro, el libro de oro de la esclavitud. Éste es un magno proyecto que une esfuerzos de la nación con aportes de gobiernos y entidades internacionales.

–Será una especie de biblia de los esclavos –afirmó De Narváez.

–Un monumento bibliográfico de la esclavitud –acotó Sotomayor.

–El gran documento de la servidumbre –dijo Casares.

–Un docto tratado de la sumisión –afirmó Samaniegos.

–Por eso hemos venido a este lugar –exclamó Walter Lara.

—Señores doctores –dijo María Zambú–: Éste es un palenque. Fue fundado y defendido por hombres y mujeres que no aceptaron que los despojaran del alma. A lo largo de los siglos hemos luchado por nuestra dignidad y por el respeto a nuestros pensamientos y a nuestras personas. Ustedes, señores doctores, se equivocaron de pueblo. Nos han dicho que van a escribir un gran libro sobre la esclavitud. De eso no sabemos nada. El día en que ustedes decidan escribir un libro sobre la libertad, vengan a esta aldea, porque en ese caso estaremos en posibilidad de ayudarlos. Así que, adiós, doctores, y que les vaya bien.

Los negros se dispersaron de manera bulliciosa.

Hacia Walter Lara y sus compañeros avanzó lentamente el burro que estaba tocado con un sombrero de dama antigua.

EL QUINTO VIAJE

E l viejo dejó de remar. El bote se quedó quieto en un mar tan sereno que daba la sensación de ser una inmensa piedra de lapislázuli.

Achicó el bote con un jarro de estaño, se limpió el sudor con la palma de la mano, y al respirar de manera honda volvió a sentir la punzada en el vientre.

–Son las estocadas del pez de la muerte –pensó.

Deslizó su vista y percibió sobre las rocas la joven figura de Diego Segovia, que lo saludaba moviendo su gorra de oriente a poniente.

Al golpe de los remos, el bote se deslizó muy marinero. Cuando tocó tierra, el viejo saltó con una agilidad poco común en un hombre de sus años.

–Querido Giácomo, te espero desde hace horas –dijo Diego.

–Me entretuve en la feria viendo a un titiritero que inventaba con sus muñecos un viaje a la luna –exclamó el viejo.

Los dos hombres sacaron un cofre del bote y avanzaron a lo largo de un camino empinado.

–Como sé que te gusta, preparé un buen bacalao. También tengo vino y pan de centeno –dijo Diego.

–Gracias. Lástima que con los años se nos reduce todo, hasta el apetito.

–¿Qué es lo que traes en este cofre?

–Recuerdos.

–Pesan –exclamó Diego.

–Son recuerdos del Almirante –explicó Giácomo.

El sol empezó a declinar y los dos hombres llegaron a una casa pequeña y blanca que parecía un pájaro de cal adherido a las piedras.

Dejaron el cofre en el centro de la habitación y se sentaron en unos bancos de palo.

Diego alargó el brazo y sirvió vino en dos tazones que había rescatado de un naufragio antiguo. Los tazones tenían pintadas en color rojo las figuras de una diosa y un efebo.

–Agradezco que te encargues del cofre. Ya estoy muy viejo y en cualquier momento mis pobres huesos van a encallar –balbució Giácomo.

–No digas eso.

–Es necesario que me escuches atentamente, porque tendrás el encargo de guardar el contenido de esta caja y las pruebas de la historia más extraordinaria de estos tiempos.

–Lo haré con gusto.

–Esta historia no debe morir.

–¿A qué te refieres?

–Al quinto viaje que hizo a las Indias el descubridor Cristóbal Colón.

–¿Quinto?

–Sí.

–Por lo que sé, él sólo hizo cuatro grandes viajes a las Indias.

–Eso es lo que todos creen.

–Explícate.

–Primero te haré entrega del contenido del cofre.

El viejo lo abrió y acercó la lucerna para iluminar su contenido.

–Todo lo que ves ahí perteneció a Cristóbal Colón. Yo tendría tu edad cuando recibí este cofre de manos del propio Almirante, que yacía en su lecho de moribundo. El marullo de los años me obliga ahora a tomar providencias para salvarlo. Lo colocaré en tus manos, ya que eres mi amigo del ánima.

Giácomo extrajo del cofre un instrumento de navegación y lo contempló con mirada suave.

—Es un nocturlabio —exclamó—. Útil para obtener la hora nocturna y la corrección a la altura de la estrella polar. También se llama Astrolabiis Nocturnus y fue usado por el Almirante en su quinto viaje a las Indias.

Giácomo sintió otra vez la punzada en el vientre y se dobló un poco sobre el cofre.

—¿Qué te pasa? —preguntó Diego.

—Nada. Achaques de viejo.

Giácomo sacó con delicadeza unos grandes libros y los colocó sobre una mesa.

—Nunca había visto tanta letra junta —exclamó Diego—. Creo que ahora me veré obligado a aprender a leer.

—El de pastas nacaradas se llama *El libro de las maravillas* y habla de unas tierras al poniente, habitadas por hombres de un solo pie, y doncellas que montan bestias mitad caballo y mitad cisne, y hombres con cuatro ojos en el rostro y gigantes y cazadores con pies de caballo, más veloces que el viento, y mujeres bellísimas de largas barbas y sin un solo cabello en la cabeza. Es una tierra tan deleitosa y buena que no se encuentra en ella un pobre ni para un remedio.

–Asombroso –musitó Diego.

–En otro de los textos se menciona la existencia de la isla Antilia, espléndida, de rosado color. Sus playas están empedradas con perlas que descargan las olas de la mar.

–En una ocasión oí mentar a la isla de San Brandán –dijo Diego.

–Ésa está en aquel libro de color malva. La cubre una vegetación que produce durante todo el año flores y frutas que son piedras preciosas. La isla se balancea sobre las olas como un gigantesco barco de plata. Fue habitada por San Brandano y setenticinco de sus monjes. Llegaron a ella después de siete años de azarosa navegación. Ese lugar muestra una piel de luz y sobre él se percibe el aliento azul que sale de la boca de Dios. Es el país del Buen Sueño.

Diego tomó un libro y lo hojeó con curiosidad.

–Son mapas –dijo.

–Ahí se conservan mapas y cartas de navegación de lugares de alelamiento –exclamó Giácomo–. Puedes ver, si lo deseas, el mapa del archipiélago Vac-Vac, donde el oleaje, al romper en sus playas, produce exquisitas músicas de cuerda, o el de la isla Man Satanaxia, cuya costa es, en realidad, una colosal mano de arena que se lanza sobre los barcos, los aprisiona entre sus dedos tempestuosos y luego los arroja a un abismo sin fondo. También se encuentra ahí una carta de derrota a Mag-Med, la tierra de la eternidad. Allí, cualquier ser humano que desembarca, experimenta una tan grande metamorfosis que su edad se detiene y de ahí en adelante su único y delicioso alimento es pan de tiempo y agua de nunca jamás. Se visten de sucesos y atesoran los ratos perdidos de todos los humanos.

–Increíble –bisbiseó Diego.

–Increíbles y hermosos cuentos –dijo Giácomo–. El Almirante Colón me hizo advertencias al respecto. Él sabía que esos relatos eran ilusiones y me recomendó tener mucho cuidado para distinguir entre el pensar y el soñar.

El viejo tomó un paquete protegido con un trozo de tela y añadió:

–Pero aquí en mis manos están cuatro libros que le enseñaron al Almirante la verdad de la tierra y de las aguas.

–¿Los cuatro evangelios? –preguntó Diego con voz apagada.

–De alguna manera éstos son también textos sagrados –afirmó Giácomo.

El viejo desató el nudo y colocó sobre la mesa a "Imago Mundi", *La Historia Rerum Ubique Gestarunt, La historia natural de Plinio y Los viajes de Marco Polo*. Los contempló largamente y luego los regresó a su estuche de tela. Golpeó el paquete y en el aire se izó una vela cangreja de polvo.

–¿Qué hay en aquella cajita? –preguntó Diego.

Giácomo la abrió y aparecieron unos huesecillos que brillaban como espinas de diamantes.

–No lo sé –contestó el viejo–. Alguna vez le oí a un piloto una historia muy extraña. Hablaba de una criatura diminuta que acompañó en su primer viaje a las Indias a don Cristóbal Colón. Ese animal cabía en la palma de su mano y, según el marinero, en una ocasión lo vio galopar sobre el pecho dormido del Almirante, como si su tórax fuera una pradera de lana. No estoy seguro, pero tal vez esa cajita contiene el esqueleto de un unicornio.

Diego metió la mano en el cofre y sacó una brújula, una carta de araña con numerosas ro-

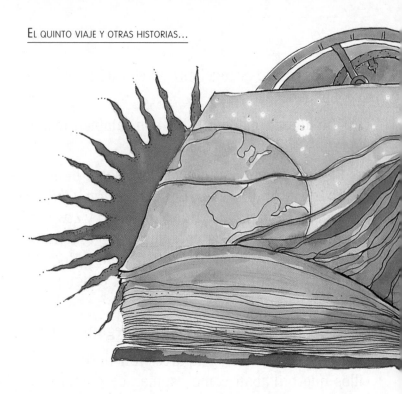

sas de los vientos, cinco colibríes tallados en esmeraldas, un globo terráqueo creado por Moha-
med ben Muwajed el-Ordhi, una manzana de
oro, unas plumas de quetzal, un islario y unas
hojas atadas con alambres de plata.

–Ten cuidado con esas hojas –le advirtió Giácomo–. Corresponden a la tercera versión de los
viajes de Colón.

–¿La tercera?

–El Almirante tuvo que echar mano a muchas
argucias para defenderse. Por lo tanto, escribió

tres series de documentos sobre todos y cada uno de sus trabajos. La tercera explicación que está en nuestro poder es la verdadera. Ahí podrás hallar los pormenores de todos sus hechos, que incluyen el diario del quinto viaje.

Diego se asomó a la ventana, atraído por un ruido.

—Es un pájaro —dijo Giácomo.

—Tal vez —contestó Diego con voz desvaída.

Giácomo sirvió vino en los tazones y avivó el fuego del hogar.

–Al desembarcar de su cuarto viaje a las Indias, el Almirante se percató de que malquerientes y envidiosos habían logrado opacar sus hazañas y anular su nombre –dijo Giácomo–. Despreciado, viejo y enfermo, decidió recuperar su poder y su gloria. Fue entonces cuando organizó una expedición oculta. Hizo creer que se había recluido en su casa por motivo de sus dolencias, pero, en realidad, se aventuró a la mar en una nao sin nombre. Lo acompañó una tripulación juramentada en el secreto del viaje, la cual estaba compuesta por la gente más extraña de que se tenga noticia. Formaban parte de ella un piloto irlandés que adivinaba el pensamiento, un viejo marinero que decía tener la virtud de hacerse invisible, una pareja de destiladores de aguardiente, un gigante negro y un enano amarillo, un timonel que conocía el idioma de las ballenas y que de tarde en tarde se enfrascaba con ellas en largas conversaciones, un hidalgo muy gordo y muy alto, aficionado a la risa y a los juegos de cartas. (Todos sabíamos que el hidalgo era una mujer disfrazada de hombre que huía de España para evitar ser quemada por el Santo Oficio. La acusaban de que una vez había afirmado, entre otras cosas, que muy pronto el ser humano se movilizaría en vehículos de metal que cruzarían tierras, aguas y aires, a vertiginosas velocidades, y que, tarde o temprano, en unas cajitas luminosas, sería posible ver imágenes de gentes y cosas que se encontraban muy distantes de quien las observara.)

Giácomo se sirvió un jarro de agua, lo bebió con deleite y agregó:

—Yo era el más joven de los marineros de esa nao. Tengo que aceptar que fue una travesía disparatada pero a la vez la más alegre y libre de todas en las que he participado. Al principio el Almirante quiso imponer el rigor y la disciplina que eran característicos en él, pero le fue imposible sustraerse a esa atmósfera de juego y fiesta que impuso tan estrafalaria tripulación.

—Debió de ser muy divertido —acotó Diego.

—Todos anduvimos a la flor —dijo Giácomo—. Recuerdo que alguien inventó una comedia de máscaras. Los destiladores de aguardiente se disfrazaron de enanos amarillos y el piloto irlandés de gigante negro y el Almirante de hombre invisible y yo de hidalgo gordo y alto y un grupo de marineros colocó sobre sus caras máscaras de reyes y de reinas.

El viejo se calló y rumió un rato sus rememoraciones. Diego volvió a llenar los tazones con vino pero Giácomo le hizo una señal con la mano, indicándole que prefería un jarro de agua.

De alguna parte de la noche llegó un ruido, mezcla de aletazo y grito.

–¿Qué fue eso? –preguntó Diego.

–Tal vez oímos el alarido de una gaviota con pesadillas –dijo el viejo.

–¿Las gaviotas sueñan?

–Todo lo que vive sueña –afirmó Giácomo.

–Volvamos a la Mar Océano –rogó Diego.

–En vísperas de la segunda semana de navegación, los destiladores de aguardiente propusieron que a voluntad hiciéramos del día la noche y de la noche el día. Para dejar afuera la claridad del sol nos colocamos pesadas vendas sobre los ojos. Todo el día anduvimos en el barco en un trasegar de ciegos. Por la noche, antes de quitarnos las vendas, los dos fabricantes de aguardiente nos hicieron beber un licor tan exquisito que el corazón se nos desamarró en un solo resplandor. Al mirar el cielo nocturno descubrimos tantos y tan variados pueblos de estrellas que nunca habíamos imaginado que pudieran existir.

–¿Y Cristóbal Colón participó en el juego? –preguntó Diego.

–Por supuesto. Durante el día él no usó vendas porque estaba casi ciego, pero por la noche era el que más veía.

Se oyó de manera nítida el pesado aletear de un pájaro. Giácomo se levantó de su asiento y llegó hasta la ventana. Se inclinó sobre el borde para otear la noche:

–¿Alzó el vuelo la gaviota que soñaba? –preguntó Diego.

–Tal vez. También es posible que el que alzó el vuelo sea el sueño de la gaviota que dormía.

Los dos hombres permanecieron un tiempo silenciosos. Desde su posición en la ventana, el viejo reanudó su relato:

–El Almirante nos guió sabiamente a las Indias –dijo–. Atracamos en un puerto natural de muy difícil localización. Don Cristóbal ordenó que esperáramos en la nao. Sin ninguna compañía se internó en la selva. Regresó al cabo de quince días de ausencia. Traía el rostro transfigurado, parecía flotar, y toda su persona olía a esencias de oriente. A todos nos obsequió con unas manzanas de oro, y retornamos a España, no sin antes haber desembarcado en la Isla de las Perlas al hidalgo gordo y alto, que no era un hombre sino una mujer que huía del Santo Oficio de la Inquisición, por haber afirmado –entre otras cosas– que pronto inventarían un tubo armado de cristales para poder ver naciones de bichitos que pueblan los aires y las aguas y que son tan pequeños que millones y millones de ellos se acomodan fácilmente en la cabeza de un alfiler.

—Increíble —barbotó Diego.

—Los fabricantes de aguardiente también abandonaron la nao, y un bote cargado con sus trebejos se dirigió a un lugar cubierto con una arena tan blanca que parecía de azúcar. Días después, en Valladolid, el Almirante me entregó este cofre. Tenía la esperanza de que en un porvenir próximo se ausentaran las mezquindades y las envidias y arribaran los tiempos de la sensatez. Entonces, alguien conocería este legado y rescataría su nombre del desprecio y del olvido. Me insistió en que él era un elegido de Dios y que sus navegaciones al poniente no sólo buscaban el camino de las especias o los ricos extremos del Asia, sino, de manera especialísima, el punto más opulento de la creación, el lugar escogido por el Señor para levantar su primera casa en la tierra y guardar allí los depósitos celestiales de oro y los incontables cajones que contienen su pedrería. En ese sitio, la más pobre de las criaturas sería más rica que el Gran Kan.

Giácomo regresó al cofre y sacó del fondo una caja de fierro asegurada con una cerradura de oro.

–Me encargó que tuviera sumo cuidado con esta cajilla –dijo–. Gracias a la fortuna que lo acompañó en su quinto viaje, corroboró las noticias y hallazgos que había venido acumulando desde tiempo atrás, desde el momento en que supo que la tierra no tenía forma de esfera sino de teta de mujer. Cuando llegue el momento saldrán a la luz documentos y mapas que reposan en esta caja y que contienen la más rigurosa y veraz información acerca del lugar exacto en donde se encuentra el Paraíso Terrenal.